DICTÉES

DU

PREMIER ET DU SECOND AGE

CONTENANT

Pour le premier âge : 1º Des exercices gradués d'orthographe d'usage, régulière et irrégulière ; 2º des exercices sur les règles fondamentales les plus simples de l'orthographe grammaticale ; 3º des dictées courantes instructives et morales ;

Pour le second âge : 1º Des dictées sur les difficultés orthographiques du second ordre ; 2º des dictées courantes formant un cours élémentaire de mythologie, et pouvant servir en même temps d'exercices de lecture et de mémoire, et de premiers exercices de style ;

A L'USAGE DES ÉTUDES PRIMAIRES

ET SERVANT D'INTRODUCTION

AUX DICTÉES NORMALES DES EXAMENS

PAR

H. L. D. RIVAIL

MEMBRE DE PLUSIEURS ACADÉMIES ET SOCIÉTÉS SAVANTES

PREMIER AGE

PARIS

BORRANI ET DROZ, LIBRAIRES-ÉDITEURS

RUE DES SAINTS-PÈRES, 7

1850

DICTÉES

DU PREMIER AGE

DICTÉES

DU

PREMIER ET DU SECOND AGE

CONTENANT

Pour le premier âge : 1º Des exercices gradués d'orthographe d'usage, régulière et irrégulière ; 2º des exercices sur les règles fondamentales les plus simples de l'orthographe grammaticale ; 3º des dictées courantes instructives et morales ;

Pour le second âge : 1º Des dictées sur les difficultés orthographiques du second ordre ; 2º des dictées courantes formant un cours élémentaire de mythologie, et pouvant servir en même temps d'exercices de lecture et de mémoire, et de premiers exercices de style ;

A L'USAGE DES ÉTUDES PRIMAIRES

ET SERVANT D'INTRODUCTION

AUX DICTÉES NORMALES DES EXAMENS

PAR

H. L. D. RIVAIL

MEMBRE DE PLUSIEURS ACADÉMIES ET SOCIÉTÉS SAVANTES

PREMIER AGE

PARIS

BORRANI ET DROZ, LIBRAIRES-ÉDITEURS

RUE DES SAINTS-PÈRES, 7

1850

INTRODUCTION.

Ces exercices se distinguent des ouvrages du
même genre par plusieurs points essentiels que
nous devons signaler. Les plus importants sont la
gradation des difficultés, la nature et le choix des
exercices.

La première partie, qui est toute pratique, se
compose d'une série graduée d'exercices sur l'orthographe d'usage régulière et irrégulière; elle
prend l'élève au sortir de la lecture, et l'habitue
écrire sous la dictée par la simple audition des
sons. La connaissance des lettres suffit pour écrire
correctement les mots qui s'écrivent comme ils se
prononcent; mais encore faut-il acquérir l'habitude
d'appliquer le signe au son perçu par l'oreille. Cette
introduction est d'une importance capitale, et l'on
se convaincra, par l'expérience, de l'heureuse in-
fluence qu'elle exerce sur les études subséquentes.

Après l'orthographe régulière vient une série de
dictées sur l'orthographe d'usage irrégulière; il

ne s'agit point encore de principes grammaticaux, mais uniquement de passer en revue toutes les bizarreries de notre orthographe par l'étude des différentes manières de représenter chaque son et chaque articulation. Il s'agit encore moins de donner sur l'orthographe d'usage des règles que l'enfant ne comprendrait pas, et qui le fatigueraient sans utilité. La pratique est le seul but que l'on doive se proposer ; on y arrive par *la copie*, par *les dictées épelées* et par *l'analyse des sons*. Ce dernier exercice, que nous recommandons d'une manière toute spéciale, et que l'on doit fréquemment répéter, quel que soit le degré d'avancement de l'élève, consiste à lui faire dire, dans un mot donné, les sons et les articulations qu'il entend, et la manière don. ils y sont représentés. Soit, par exemple, le mot *maison* : on entend l'articulation *m* représentée par *m* ; le son *è* représenté par *ai* ; l'articulation *s* représentée par *s* ; le son *on* représenté par *on*. Dans *enfant* : le son *an* représenté par *en*, l'articulation *f* représentée par *f* ; le son *an* représenté par *an* ; lettre nulle ou muette *t*.

Cette habitude d'observation fixe l'attention sur l'orthographe et contribue puissamment à la graver dans la mémoire.

La seconde partie comprend l'orthographe grammaticale. Nous l'avons divisée en trois séries : dans la première sont les applications des règles les plus élémentaires ; dans la seconde, celles des règles qui, quoique simples, présentent néanmoins un peu plus de difficulté. La troisième série appartient aux dictées du second âge. Enfin les exercices sur ce qui constitue les difficultés orthographiques, se trouvent dans nos Dictées normales des examens , publiées en collaboration avec M. Lévi.

Un écueil que nous avons surtout pris à tâche d'éviter, c'est celui des phrases torturées et bizarres, faites dans le but de multiplier certaines difficultés. Ces constructions barbares ne peuvent que fausser le goût de l'élève sans profit pour l'étude de la science. Nous pensons qu'on peut apprendre le français autrement qu'en donnant des modèles de mauvais français. Par les mêmes motifs, nous rejetons le système des cacographies justement réprouvé aujourd'hui, et cependant nos dictées, quoique correctes, n'en donnent pas moins lieu, pour la plupart, comme on pourra s'en convaincre, à des exercices nombreux et variés qui forcent l'élève à un travail raisonné, plus profitable que la correction de fautes faites à plaisir.

Un exercice que nous recommandons également, consiste à faire corriger par l'élève , au moyen de

son livre, les fautes qu'il a faites dans une dictée, et à les expliquer ensuite, soit de vive voix, soit par écrit; puis à refaire la même dictée jusqu'à ce qu'elle soit correcte.

Au lieu de puiser le texte des dictées courantes du second âge dans des sujets insignifiants, nous avons jugé à propos de les utiliser au profit d'une science dont il est difficile de s'occuper d'une manière spéciale dans les premières études, et qui sera, par ce moyen, apprise sans peine, et sans qu'il soit nécessaire d'y consacrer ni temps, ni livres spéciaux. La MYTHOLOGIE, en effet, premier jalon de l'histoire, n'est pas moins nécessaire pour l'intelligence de l'antiquité que pour celle des monuments, des objets d'art qui frappent sans cesse nos yeux, et des allusions sans nombre qu'elle fournit à la poésie et même au langage ordinaire. Envisagée à ce point de vue, et sous le rapport des conséquences morales qu'on en peut tirer, la Mythologie, si elle est traitée avec la simplicité et la réserve convenables, devient attrayante et instructive à la fois.

DICTÉES DU PREMIER AGE.

PREMIÈRE PARTIE.

ORTHOGRAPHE D'USAGE.

CHAPITRE PREMIER.

Orthographe régulière[1].

MONOSYLLABES.

1. Ma, ta, sa, pur, dur, sur, nul, mal, vif, pal, cal, bal, mur, suc, sac, lac, sol, fil.

Le fil, le roc, le cap, le cor, la vis, le bal, le cal, le col, le bol, le duc, la dot, le gaz, le lac, le mur, le pal, le sol, le sud, le suc, le sac, le tuf.

Mon, ton, son, un, non, bon, chut, seul, neuf, veuf, pouf, jour, tour, char, vin, chou, four.

---

[1] Ce premier chapitre ne renferme que des mots écrits régulièrement, avec les signes simples et naturels et sans aucune difficulté orthographique, afin d'habituer l'élève à entendre les sons, et à y appliquer le signe représentatif, sans être embarrassé par les irrégularités. L'expérience nous a démontré l'importance de cette introduction à l'étude pratique de l'orthographe.

Nous rappelons, une fois pour toutes, la recommandation expresse de faire épeler par l'élève, à haute et intelligible voix, chaque mot qu'il écrit sous la dictée. Cette habitude est une sorte de mnémonique qui, en alliant le son au signe représentatif, contribue essentiellement à en fixer l'orthographe dans la mémoire. Outre la dictée, il est important d'habituer l'élève à copier avec exactitude.

1

2. Un pou, un sou, un don, du vin, le lin, mon jeu, du feu, le ton, un son, un four, son char, un chou, le jour, la peur, un tour, un bouc.

Le cri, le pré, un pli, du blé, un clou, un trou, un brin, du crin, du flan, de la glu, le plan.

La fleur, le parc, un bloc, le froc, un frac, crac, ours, le musc, un busc, mars, le stuc, brun.

DISSYLLABES.

3. Papa, dada, bobo, dodo, coco, dodu, fini, loto, api, badin, devin, chéri, béni, chérir, bénir, bancal, pacha, bonbon, cancan, joujou, coucou, alun, bourdon, dindon, barbu, charnu, chapon, midi, futur, lundi, mardi, caduc, lapin, Azor, gamin, brandir, veuve, butor, zigzag, ouvrir, avril, ravir, gravir, courir, trapu, micmac, blanchir, grandir, boudeur, manchon, candi, jadis, bouclé, bravo, poltron, sucré, sacré, goulu, jasmin, jongleur.

4. Le patin, un gala, un bémol, du cacao, le bazar, le cadi, mon bichon, du boudin, le démon, un galon, du mouron, le neveu, un cocon, le Coran, le divan, un bijou, un cochon, le balcon, le barbon, un brandon, le carcan, le chardon, un cornac, un florin, la fourmi, le dragon, un fripon, le frelon, le matou, du carmin, le fourgon, le brelan, le jubé, flandrin, le capon, une clameur, le facteur, un flacon, un flocon, le glouton, du goudron, gratis.

5. Chiche, la bonde, la biche, une dinde, un dindon, une pinte, le pape, le coche, la cloche, la barbe, la Bible, le calme, le cadre, le feutre, le fifre, la foudre, le filtre, une fibre, une bride, du sucre, le sacre, la bouche, un lustre, une table, une tape, la bourse, le chantre, blanche, blonde, brave, une boucle, jeune, la joute, une louve, louche, tondre, la charte, le crible, le socle, la solde, une tanche, la manche, une dartre, du soufre.

6. Le jargon, bridé, du mastic, tarir, un ténor, le bocal, menu, le burin, le butin, le canon, un canal, la chaleur, chanté, une chanson, le chanteur, le chemin, un cheval, un chacal, un dandin, la blancheur, le blocus, le gazon, du jalap, un jalon, la jante, joli, le jouteur, le jureur, un juron, flétrir, franchir, frémir, du frétin, la grandeur, un torchon, le tarif, le talon, le tocsin, le czar, tondu, le tondeur, une tumeur, un turban, un mouton.

POLYSYLLABES.

7. Acajou, amadou, le baladin, le débardeur, un bateleur, le bitume, un biberon, le canari, un carabin, son caporal, le chaperon, le cardinal, le cajoleur, le carnaval, un chenapan, la charité, un chérubin, le colibri, une cravache, le boulingrin, un domino, le comité, défleurir, refleurir, folichon, le miracle, amidon, une décade, le Patagon, balafré, le mélodrame, le charivari, une minute.

8. Du tripoli, la cravate, le parasol, le tournesol, un radoteur, le ramoneur, la rapine, un ricaneur, un bistouri, un strapontin, le talisman, un tama-

rin, le Vatican, samedi, dimanche, le sapajou, la chicane, le chicaneur, du chicotin, une chopine, une cascade, un caniche, sa cocarde, du biscotin, le substantif, un fagotin, son falbala, farouche, octobre, indigo, mon lavabo, lugubre, un ministre, la muscade, un muscadin, du parchemin.

9. Votre moustache, azuré, le parfumeur, un fumeron, un fumiste, la concorde, la discorde, défriché, la jujube, le jubilé, le réparateur, navigable, le navigateur, vindicatif, le nominatif, pronominal, spéculatif, le spéculateur, califourchon, adorable, adorateur, le décorateur, infortuné, un volubilis, la minorité, la subtilité, justificatif, octogone, la cavalcade, administrateur, le calculateur, la réforme, le réformateur.

LIAISONS.

10. Un épi, un os, un ours, un ourson, un oursin, un acteur, un abri, un angle, un écrin, un article, ton atlas, un aspic, mon arc, un été, une arme, une arche, une odeur, un ordre, un ogre, une onde, ton ongle, mon oncle, un orme, un oubli, une outre, son aveu, un ibis, un iris, un écrou, ton écran, un argus, un acheteur, un oracle, un orateur, un amiral, un Arabe, un ouragan, un omnibus, un individu, un animal.

E MUET FINAL PEU SENSIBLE.

11. La nature, le naturaliste, la poule, la bascule, une boule, la bordure, une bouture, le buraliste,

le calife, le botaniste, la cabale, la carafe, barbare, la capitale, la cataracte, le catéchisme, le catéchiste, une coupure, la courbure, une courbature, le crépuscule, la doublure, le crocodile, la culture, agriculture, inculte, la culbute, le délire, une fleuriste, un arbuste, une éclipse, écrire, souscrire, votre écriture.

12. Transcrire, proscrire, une déchirure, confire, la confiture, une école, la fanfare, crédule, de la fécule, utile, inutile, la figure, le figuriste, une faribole, une fourniture, frire, la friture, lire, la gaze, un golfe, une rature, la garniture, une idole, une injure, un parjure, un ovale, la parole, mon parafe, la girafe, la parure, le pédicure, une pistole, la pelure, une posture, une pédale, une pile, la file, débile, frivole, futile, une facture.

DISTINCTION DE L'E FERMÉ ET DE L'E OUVERT.

13. Le père, la mère, le frère, un confrère, la flèche, fléchir, la lèpre, la brèche, ébréché, brève, la chèvre, fidèle, infidèle, la fidélité, une infidélité, ébène, ébéniste, délétère, aspérité, un mètre, un décamètre, le diamètre, le baromètre, le caractère, une chimère, le cratère, créé, le créateur, la créature, confédéré, la colère, une galère, la règle, réglé, le régleur, la réglure, la régularité, le régulateur, déréglé, un élève, une élève, élevé.

14. Une artère, opéré, opérateur, coopéré, coopérateur, le mélèze, le trèfle, la lèvre, le monastère.

la mèche, un bipède, une planète. du séné, la séve, la sérénité, sévir, sévère, la sévérité, une nèfle, le zèle, zélé, le zèbre, le zébu, un stère, un décastère, la calèche, un éperon, le modèle, modelé, un nègre, la trêve, somnifère, intègre, intégrité, une comète, la témérité, funèbre, le ministère.

DIPHTHONGUES.

15. Le diable, diablotin, une liane, du ratafia, trivial, trivialité, de la sépia, liardeur, un fiacre, friable, friabilité, piano, viable, vitrifiable, babiole, une pioche, de la brioche, une fiole, le violon, une galiote, du vitriol, idiotisme, une mioche, un trio, diorama, méridional, la pitié, la piété, aliéné, la tiédeur, la sobriété, une contrariété, le piéton, sacrifié, varié, variable, invariable, invariabilité, la viande, un triangle.

16. Du cuir, le cuivre, un étui, le suif, le fluide, la fluidité, fuir, la fuite, une truite, un juif, une juive, suivre, poursuivre, la suite, la poursuite, la ruine, ruiné, la continuité, Gargantua, continuateur, ponctualité, puéril, puérilité, la puanteur, la lueur, juin, obéir, spontanéité, simultanéité, le poëme, un poëte, aloès, oui, la fouine, jouir, réjouir, la douane, louable, la ouate, le babouin, le sagouin, le loueur, le joueur, secoueur, bleuir.

17. Moi, toi, soi, le roi, la loi, avoir, devoir, redevoir, la soif, le soir, la toile, voir, prévoir, pouvoir, pourvoir, le poil noir, un abreuvoir, un convoi, la voile, le voile, un dévidoir, le lavoir, du poiré, le poivre, la poivrière, le miroir, croire, la poire, la gloire, armoire, le foin, le soin, loin, le coin, poindre, la pointe, pointu, le pointeur, moindre, amoindrir, joindre, la jointure, conjoindre, disjoindre, déjoindre, le groin, un goinfre.

ARTICULATION GN.

18. Borgne, Cocagne, la ligne, ivrogne, le lorgneur, un lorgnon, maligne, la malignité, la montagne, ignoble, une épargne, épargné, le pignon, le règne, régné, un rognon, le signe, signé, le signal, signalé, la signature, significatif, la consigne, consigné, la vigogne, la vigne, le vigneron, un vignoble, bénigne, la bénignité, éloigné, témoigné, digne, indigne, la dignité, une indignité.

ARTICULATION ILL.

19. Le bouillon, bouillir, le bouilli, le barbouilleur, barbouillé, brouillé, le brouillon, le brouillamini, le caillou, la canaille, la crémaillère, le crémaillon, émaillé, un émailleur, une écaille, une écaillère, la faillite, la feuille, le feuilleton, feuilleté, la feuillure de la porte, la médaille, votre médaillon, la mitraille, la mitraillade, la muraille, la paille, le paillon, la taille, taillé, le tailleur, une tenaille, le tirailleur, la trouvaille, la patrouille.

ARTICULATIONS X ET H ASPIRÉE.

20. Fixe, la fixité, laxatif, une maxime, un paradoxe, prolixe, la prolixité, une rixe, la taxe, taxé, le taxateur, un axiome.

Le hurleur, la hache, le hachoir, une hachure, le haillon, la halte, la hanche, un hangar, une harpe, un harpiste, une harpiste, un harpon, le Havre, un havresac, la hure, un héron, un hibou, le hic, la honte, du houblon, une horde, la houille, une houillère, le hamac, le hardi larron.

PHRASES DÉTACHÉES [1].

21. Le joli sofa. Le caporal brutal. Démolir le mur. Polir le métal. Punir le voleur. Le mal caduc. Un jupon de coton. La peur du mal. Un épi de blé. Un brin de paille. Un clou pointu. Il a joué. Le laboureur actif. Bonjour, maman. Le pari du joueur. Il chantera un duo. Du bleu indigo. Le licou du cheval. Le cri du mouton. Le turban du sultan. La chaleur du jour. Le joli épagneul.

22. Le dictateur de Rome. Le cratère du volcan. La cour du Louvre. Une jupe de gaze. Le brocheur broche. Le piocheur pioche. Le moucheur se mou-

---

[1] Sauf quelques articles joints aux substantifs, l'élève n'a écrit jusqu'à présent que des mots détachés. Les petites phrases que nous donnons dans ce paragraphe ont pour but de lui offrir plus d'intérêt, et de l'habituer à faire la distinction des mots.

che. Un voile de gaze. Le fripon triche. Le joli meuble. Le tapeur tape. Ouvre le tiroir. Je tourne la meule. Une barbe de juif. La soupe fade. Le vol de la mouche. La vache rumine. Le devin devine. Le chanteur chante. Le conteur conte. Le cajoleur cajole. La voiture roule. Le serin gazouille.

23. Il a sali le joli canapé. Il a bu du vin pur. Il patinera sur le canal. Papa partira mardi de bon matin. Il a obtenu le numéro zéro. Mon frère a avalé son café. Le tarif du sucre brut. Le lapin a dévasté le jardin de mon oncle. Le chagrin a altéré sa santé délicate. On va venir me prévenir de son retour. Il a vu la fourmi sur le gazon. Le voleur sera puni par le tribunal. Il a vu un cheval sur son chemin. Il a joué son domino. Il a taché son pantalon.

24. Ma fille a coupé le fil. Il a touché du piano. Pour un sou de flan. Il a peur de la douleur. Le zèbre timide a fui le lion carnivore. Ma mère a soin de moi. Le bon Dieu a soin de lui. Il dira du mal de toi. On a voulu me punir pour avoir parlé. Mon mouchoir a été déchiré par Raton. Le témoin a soutenu la vérité. Papa lira le journal du soir. Il a étudié le calcul. Chacun lui dira bonsoir. Il a crié bravo. Victor finira la moitié de son devoir.

25. Il a pitié de moi. Du foin pour le cheval. On parlera de lui. Ma bourse se vide. Le poil se coupe. Je coupe le fil. Il vide sa cave. Il chante le soir. On tire la ligne. On monte la montagne. Soigne ton jardin. Une barbe de bouc. Une tache de suif. Raton va me suivre. Mon frère sera témoin ; il dira oui ou non. Il a ajouté foi. On fume sa pipe. On va le rejoindre. Dieu écoute la prière du juste. La boule roule sur le gazon.

26. La toile se sèche sur le pré. On lève le voile brodé. La poule va pondre. Un manchon de martre. Le poëme du troubadour. Le souvenir de ma mère. Le séjour de la montagne. Un sac de toile blanche pour la farine. Le coucheur se couche sur la paille. Coupe la branche morte. Lève la planche de sapin. Cache ton mouchoir sale. Tire le cordon de la porte cochère. Achète un manchon de poil de chèvre. On sonde le melon. On broche le livre.

27. Console ta mère. Adore un Dieu créateur. Il va me mordre. Bouche le flacon de cristal. Mon frère a joué un sou pour rire. Votre père a la fièvre. Un bouton de cuivre doré. Révère ton père. Notre adorable créateur. Le matou a égratigné la petite Nini. Le tirailleur déchire la cartouche. Ma tante a un voile noir. La dame se mire pour le bal. Le bouc a une barbe sale. Le monde a une forme ronde. Il va boire de la bière blanche.

28. Le cheval du laboureur laboure. Mon frère, réforme ton caractère étourdi. Il a une agréable figure. Notre ami ira voir la cavalcade. Le vigneron a une charmante petite cabane. Écoute le cri monotone du coucou. La voiture roule sur le pavé. La dame porte un fichu de gaze. Le bocal de cristal a une forme ronde. Il sème le blé sur un roc aride.

La calèche partira samedi de bon matin. Le garde porte la cocarde tricolore.

29. Il a un pantalon écarlate uniforme. Le timon de la voiture du conducteur. Le buveur a demandé une pinte de vin. Il a déchiré ma poche toute neuve. Écoute le signal de la marche. Mon col de satin noir a été déchiré par votre épagneul. Chante la chanson du père André. Absoudre le pécheur de son péché. Soigne ton livre instructif. Le monstre a jeté un cri épouvantable. La frugalité procure une santé durable. Votre cheval trépigne.

30. Ton père te grondera. Garde ta parole. Castor me lèche pour avoir du bonbon. Adieu, ma tante ; maman ira te voir dimanche matin. Il a une montre de cuivre doré. Maman coupe une tranche de melon pour moi. La dureté de son caractère lui fera du mal. Il a lu le neuvième volume. Il porte une cravate blanche de satin. La jardinière soigne son jardin pour avoir de la salade. Le moine porte un capuchon brun.

31. Le lama, animal du Pérou, a une démarche grave. Inspiré par la gratitude, le laboureur chante la bonté du Dieu créateur. La promenade a fortifié ma santé délicate. Il a vu la signature du procureur du roi. La portière a égaré sa tabatière. Porte-lui de la lumière. Une petite fouine a tué la poule de ma tante. La chèvre broute sur le roc de la montagne. Le dégustateur déguste le vin de Médoc. Votre jardinière cultive son joli jardin.

32. Toute la nature proclame la gloire de Dieu. Il a coutume de dormir le matin. Le sapeur a bu une chopine de vin pur le jour de la bataille. Il a vidé toute la futaille de vin de Bourgogne de votre oncle Antoine. La vache se couchera sur sa litière de paille. Il dérouillera son sabre pour la bataille. La grande muraille de la Chine. Le juif a acheté le médaillon de bronze doré. Le bataillon marchera contre le canon.

33. Le castor travaille sur la rivière. Votre tante lira le feuilleton du journal de dimanche. Une feuille de chou cuite. La méchante Caroline a volé ma tartine de marmelade. On orne le salon. Un animal utile. Bonsoir, mon bon ami. On écume le bouillon de la marmite. Un ami véritable. On ira voir votre ami malade. Un épi de blé noir. On adore la divinité. Un navire jeté sur le roc par la houle. Le marin couche sur un hamac.

CHAPITRE II.
Orthographe irrégulière[1].

DIFFÉRENTES MANIÈRES DE REPRÉSENTER LES SONS ET LES ARTICULATIONS.

Son A représenté par : a, à, â, e.

34. Capital, malade, salade, alcade, nomade. Voilà, déjà, il est à Paris, holà.

---

[1] Jusqu'à présent l'élève n'a écrit que des mots réguliers. Le but de ce chapitre est de faire passer sous ses yeux toutes les

âne, âme, âcre, albâtre, le câble, la pâte, pâle, lâche, le mâle, un mâtin, la débâcle, acariâtre, âpre, le bâton, le blâme, bleuâtre, le crâne, folâtre, la gâche, la mâchoire, un mulâtre, opiniâtre, pâtir, le pâtre, du plâtre, la râpe, votre tâche.

La femme, hennir, solennel, indemnité, enivrer.

Son È (è, e, ê, ai, aî, ei).

35. Le père, la mère, le frère, la lèvre, le mètre.

Amer, le fer, un poisson de mer, dire un pater, Jupiter, un verbe, la vertu, la fermeté, mon cher ami.

La bêche, être bête, une arête, blême, le carême, le bois de chêne, une crêpe, la crête, une dépêche, votre fête, la grêle, une pêche, le pêne de la porte.

Le capitaine, la chair du mouton, le domaine, la plaine, une paire, un balai de crin, une douzaine, le calvaire, plaire, faire son devoir.

Une chaîne de fer, la fraîcheur, le faîte de la montagne, une gaîne, un bon maître, paraître.

La baleine, le peigne, faire de la peine, une cruche pleine, la reine, treize, seize, la verveine.

Son É (é, e, è, ai, aî, ei, ey, œ).

36. Pénétré, répété, séparé, la bonté, tricoté.

---

bizarreries de l'orthographe. Il serait complétement inutile et intempestif de lui donner maintenant des règles et des explications; par l'usage il s'habitue, comme dans la lecture, à voir le même son représenté de différentes manières, et acquiert ainsi une sorte de pratique instinctive. On se bornera à lui faire remarquer ces différentes manières de représenter chaque son, en lui demandant, à mesure qu'un mot est dicté et épelé, comment tel son ou telle articulation y est représentée.

Le pied, le nez, le boucher, le cocher, le prunier.

Vêtir, fêter un père, prêter un canif.

Je chanterai, je danserai, *aimer à rire*, il *aida*.

Mon frère *aîné*, le sabre dégaîné.

Un *peignoir*, du marbre *veiné*, il est peiné.

Le *bey* de Tunis, le *dey* d'Alger.

Le roi *Œdipe*, le mont *Œta*.

Son ı (i, î, y, ee).

La *timidité*, un m*i*nistre, le machiniste.

Un ab*î*me, il d*î*ne, une ép*î*tre, une *î*le, un **gîte**.

Une p*y*ramide, le st*y*le, un m*y*stère, le presbytère, un c*y*lindre, un s*y*stème, le t*y*ran, anonyme.

Le cra*y*on, un livre pa*y*é, un ami tuto*y*é, un chemin côto*y*é, un promeneur coudo*y*é.

Avoir le spl*ee*n.

Son o (o, ô, oo, au, eau, u).

37. La mode, monotone, du vin de Porto, du coco.

Une alc*ô*ve, un ap*ô*tre, le c*ô*té, le d*ô*me, son dipl*ô*me, un dr*ô*le, un fant*ô*me, le p*ô*le du sud, un r*ô*le, le r*ô*deur, du r*ô*ti.

Un l*oo*ch salutaire pour la poitrine.

Le maître *au*tel, un *au*teur, faire une *au*mône, un ét*au*, un flé*au*, un noy*au*.

Une *eau* claire, un prun*eau*, le moin*eau*, le cot*eau*, mon cout*eau*, un v*eau*, le corb*eau* noir, un s*eau* de zing, un cop*eau*, un agn*eau*, un fourn*eau*.

Opi*u*m, du laudan*u*m, le maxim*u*m, un **alb*u*m**, le minim*u*m, du mini*u*m, un Te Deum.

Son u (u , û , eu , eû).

38. Le tumulte, la multitude, une bascule.

Le hameau brûlé, une bûche, le bûcheron, la flûte, une amande mûre, la sûreté de sa parole.

Il a *eu* peur de moi. Nous *eûmes* une dispute.

Son an (an , am , en , em).

Le ch*an*tre, un p*an*talon, du safr*an*, le bandeau.

*Am*bigu, la c*am*pagne, le b*am*bou, un b*am*bin.

Il a payé une am*en*de, *en*chérir, *en*chanté, une *en*clume, *en*core une faute, *en*cre à écrire, le m*en*ton, m*en*tir, *en*tendre, *en*viron, *en*fantin.

Un *em*pire, *en*semble, une *em*peigne, un oiseau *em*paillé.

Son in (in , im , en , ain , aim , yn , ym).

39. Le lap*in*, du lat*in*, du but*in*, le dev*in*, *in*digne.

*Im*pair, *im*payable, *im*poli, *im*pitoyable, un livre *im*primé, le mode *im*pératif.

Le chi*en*, votre bi*en*, je ne demande ri*en*, un vauri*en*, un m*en*tor, europé*en*, du b*en*join, un bon moy*en*, un mur mitoy*en*, autrichi*en*.

*Ain*si, le b*ain*, du p*ain*, la m*ain* gauche, un n*ain*, un air s*ain*, le lendem*ain*, le sacrist*ain*.

Avoir f*aim*, poursuivre un d*aim*.

Le s*yn*dic, être en s*yn*cope.

Le t*ym*pan, le s*ym*bole, Ol*ym*pe.

40. Un *ongle*, mon *oncle*, la poule a p*on*du.

Une *ombre*, le *tom*beau, la p*om*pe, un p*om*pon jaune, le n*om* de Julien, un surn*om*, le prén*om*, un pron*om* indéfini, le c*om*te de Flandre.

Boire un bol de p*unch*. Notre navire entra dans le détroit du S*un*d.

Le r*um*b des vents. On a pêché un *um*ble-chevalier.

L*un*di, chac*un* à son tour, ne lire auc*un* livre.

Le parf*um* du syringa embaume le jardin.

Il partira à j*eun* pour se rendre à son école.

41. Un p*eu* de pain. Un chev*eu*. Mon j*eu*ne ami. On déj*eu*nera de café.

Le j*eû*ne du carême.

Un *œ*il. Une *œ*illade. Une *œ*illère de cristal.

Un *œ*uf, un b*œu*f, un bon c*œu*r, ma s*œu*r fera une *œu*vre charitable. Un bon man*œu*vre. Un beau n*œu*d de ruban. Faire un v*œu* à sainte Marie.

Le navire heurta contre un éc*ue*il. Un rec*ue*il instructif. Un org*ue*il insensé !

La p*ou*tre, la f*ou*dre, m*ou*dre du blé.

Une v*oû*te sombre. La cr*oû*te du pâté. Il a g*oû*té le b*ou*illon de veau. Du rag*oû*t salé.

Où va votre sœur Caroline?

Un groom. Le capitaine Cook.

Le jeu du *wisk*. William boira du *wiski*.

Articulation b (b, bb).

42. Le *biberon*, *bamboche*.

Un *abbé*, une *abbaye*, le *rabbin* juif, le *sabbat*.

Articulation c (c, cc, q, qu, cqu, k, ck, ch, cch).

Un *cocon*, un *concombre*, la *concorde*.

Accablé, *accordé*, *occupé*, une *accolade*, *accompagné*, *accomplir* un vœu, *accourir*, *accoutumé* au bien, faire *accroire*, *accueillir* avec bonté.

Le *coq* chante, une *piqûre*, un triangle *équilatéral*, dire un *réquiem*, *réquiescat*, du *quibus*.

Le *quai* Malaquais, la *qualité*, une *quantité*, la *queue* du cheval.

Acquérir, *acquitté*, *becqueté*, une *socque* de cuir, la langue *grecque*.

Un *Kabile*, Pé*k*in, Nan*k*in, un *k*iosque, le *k*nout, du café Mo*k*a, le *k*aléidoscope.

Le bri*ck*, du ni*ck*el, du biftec*k*, un carri*ck*.

Le *chlore*, le *Christ*, un *chrétien*, un *écho*, le *choléra*, un orchestre, un *chœur* bien chanté, le cochléaria, la *chronologie*, euc*h*aristie.

Bac*ch*us, une bac*ch*ante, un bac*ch*anal.

Articulation d (d, dd).

43. Mala*d*e, le *d*ivin Sauveur, le *d*indon, la *d*inde.

A*dd*ition, a*dd*itionner, re*dd*ition.

Articulation **F** (f, ff, ph).

La *f*arine, le *f*albala, le *fif*re et le tambour.

A*ff*ublé, o*ff*rir, o*ff*rande, une a*ff*aire, le bu*ff*le, un co*ff*re, une éto*ff*e, e*ff*royable, un air échau*ff*é.

Un *ph*énomène, du *ph*osphore, le sa*ph*ir bleu, le *Ph*araon, le *ph*are du Havre, un am*ph*igouri, un animal am*ph*ibie, le si*ph*on.

Articulation **G** (dur) (g, gg, gu, c).

Un *g*ar*g*arisme, une *g*ar*g*ote, une eau sta*g*nante, on chante le Ma*g*nificat.

A*gg*loméré, a*gg*lutiné, a*gg*ravé.

La *g*uenon, un *g*uéridon, la *g*ueule, une *g*uitare.

Une se*c*onde, se*c*ondé, prune reine-*C*laude.

Articulation **J** (j, g).

44. Le *j*eton *j*aune, une *j*eune fille, un *j*oli *j*ou-jou.

Une asper*g*e, le *g*endarme, le ba*g*a*g*e, un ju*g*e.

Articulation **L** (l, ll).

La tu*l*ipe, une peup*l*ade, un *l*ivre uti*l*e, *l*a *l*une.

Une ba*ll*e, un ba*ll*on, tranqui*ll*e, de la camo-mi*ll*e, un mi*ll*ion, un bi*ll*ion.

Articulation **M** (m, mm).

La *m*ar*m*elade, le ca*m*arade, la *m*ar*m*ite.

La fla*mm*e, une fe*mm*e, la co*mm*ode, acco*m*-modé, une po*mm*e, la po*mm*ade au benjoin.

Articulation **N** (n, nn).

Le ca*n*on, la *n*ature, un *n*ègre, la neige.

La colo*nn*e, un a*nn*eau de rideau, la mie*nn*e, la tie*nn*e, la sie*nn*e.

Articulation P (p, pp).

Un *p*auvre diable, la *p*endule, le *p*ape.

A*pp*rendre, le ra*pp*el, une a*pp*réhension, à son a*pp*roche, a*pp*rofondir, a*pp*licable, a*pp*liqué.

Articulation R (r, rr).

45. La *r*uche, *r*avi*r*, la p*r*euve du c*r*ime, la *r*uine.

Le ve*rr*ou, la te*rr*e, la bou*rr*ache, un mal i*rr*éparable, le beu*rr*e, le ca*rr*elage, un ca*rr*eau, la baga*rr*e, le ca*rr*efour.

Articulation S (s, ss, c, ç, sc, t, x, tz).

Du *s*avon, un *s*apeur, la per*s*onne.

Le rui*ss*eau, le carro*ss*e, une care*ss*e, la pare*ss*e.

Do*c*ile, mer*c*i, le pharma*c*ien, un mor*c*eau.

La le*ç*on, la fa*ç*ade, un re*ç*u, le poin*ç*on, une balan*ç*oire.

La *sc*ience, de*sc*endre, la di*sc*ipline, une a*sc*ension, un caractère ira*sc*ible, adole*sc*ence, le *sc*eptre du roi, un *sc*eau de cire rouge.

La na*t*ion, une induc*t*ion, une bonne inten*t*ion, la pa*t*ience, la par*t*ialité, afflic*t*ion, une puni*t*ion.

Di*x*, si*x*, soi*x*ante, Bru*x*elles, Au*x*erre, Au*x*onne.

La ville de Me*tz*, le cardinal de Re*tz*.

Articulation T (t, tt, th).

46. Le *t*itre, un li*t*re, la li*t*ière, la *t*aba*t*ière.

Ba*tt*re, me*tt*re, une allume*tt*e, a*tt*endre, la pa*tt*e, une mie*tt*e de pain, une aloue*tt*e, la bague*tt*e, une assie*tt*e, la casse*tt*e, une chaîne*tt*e, la lune*tt*e, une manche*tt*e.

Or*th*ographe, le *th*é, la *th*éière, un *th*ème, du *th*on mariné, mettre du *th*ym dans la sauce, placer une plin*th*e contre le mur, le *th*ermomètre, une nouvelle au*th*entique, absin*th*e suisse, le *th*éâtre, un amphi*th*éâtre, un apo*th*icaire, ari*th*métique, une amé*th*yste, un peuple an*th*ropophage, le lu*th*, la men*th*e, une diph*th*ongue.

Articulation v (v, w).

Du *v*inaigre, la *v*ivacité, la *v*aleur, a*v*ilir.

*W*agram, *W*aterloo, *W*ilhem, les *W*allons [1].

Articulation z (z, s, x).

47. On éclaire avec du ga*z*. Un voile de ga*z*e, la *z*izanie, le *z*èbre, la dou*z*aine, une quin*z*aine.

La mai*s*on, le poi*s*on, une frai*s*e, le ba*s*ilic, une jupe de ba*s*in, un philo*s*ophe, une phra*s*e.

Un di*x*ième, un si*x*ième, un si*x*ain.

Articulation ch (ch, sch, sh, c).

Le *ch*apitre, mon *ch*apeau, du *ch*iffon.

Le *sch*isme, *sch*ismatique, du kir*sch*wasser, une *sch*abraque, le *sch*ako.

Le *sh*ah de Perse, un *sh*érif, Wa*sh*ington.

Un violon*c*elle, du vermi*c*elle.

---

[1] C'est à tort que quelques personnes prononcent ces mots : *Ouagram, Ouaterloo, Ouilhem, Ouallon.* Dans tous les noms d'origine allemande ou flamande le *w* a le son du *v* simple; il n'a le son de *ou* que dans les mots anglais, comme *William, Washington, Whist, Whisky* qu'on prononce *Ouilliam, Ouachington, Ouist, Ouiski.* (Voir le n° 41.)

Articulation GN (gn, ni).

La vi*gn*e, le vi*gn*oble, la Champa*gn*e.

Une mi*ni*ature, la ta*ni*ère, la ma*ni*ère, la jardi-*ni*ère.

Articulation ILL (ill, il, ll).

48. La pa*ill*e, la rou*ill*e, la vie*ill*e, la ve*ill*e.

Le trava*il*, un éventa*il*, le seu*il* de la porte, un accue*il*, du cerfeu*il*, le deu*il*, un écue*il*.

La fauci*ll*e, la fi*ll*e, la Basti*ll*e, une angui*ll*e.

Articulation double GZ (x).

E*x*amen, e*x*emple, e*x*act, e*x*actitude, e*x*alté.

Articulation double CS (cs, x, cc, ct, xc).

Le to*c*sin.

Un a*x*e, au*x*iliaire, an*x*iété, e*x*cuse, e*x*clusion.

A*cc*eptation, a*cc*essible, o*cc*iput, a*cc*entuation, a*cc*identel, o*cc*idental, un a*cc*essit, la va*cc*ine.

Une a*ct*ion, son affli*ct*ion, une interje*ct*ion.

E*x*cessif, e*x*cédé de fatigue, e*x*ception, son e*x*cellence.

Diphthongue OUA (oua, ua, oi, oî, oe, oé).

49. Le bivo*ua*c, la do*ua*ne, une peinture à la go*ua*che, fo*ua*iller un bambin, go*ua*iller une personne.

É*qua*teur, algu*az*il, a*qua*tique, *qua*drupède, *qua*druple, la G*ua*deloupe.

Une p*oi*re, une écrit*oi*re, un éteign*oi*r.

Le g*oî*tre, cr*oî*tre, décr*oî*tre, accr*oî*tre.

La m*oe*lle, le m*oe*llon.

La p*oé*le à frire, un p*oé*le de terre, un p*oé*lon.

Diphthongue OUIN (ouin, oin).

Le marsouin, le babouin, le baragouin, le tintouin, un Bédouin. Baudouin.

Le coin du feu, le soin, un témoin, le besoin.

Diphthongues formées par le tréma.

Naïf, haïr, le roi Saül, du maïs, Anaïs, Athénaïs, Caïn, païen, faïence, la ciguë.

LETTRES NULLES OU MUETTES.

50. Août, aoûteron, le taon pique la vache, la rivière de la Saône, du curaçao.

Le plomb, mettre un meuble d'aplomb.

Le tabac, un broc de vin, un accroc, escroc, le banc de gazon, un franc, par le flanc gauche, du vin blanc, le tronc, un jonc, du porc salé, un cric pour soulever une pierre, estomac, almanach, le marc de café.

Babillard, babillarde ; bavard, bavarde ; campagnard, campagnarde ; criard, criarde ; gaillard, gaillarde ; montagnard, montagnarde ; canard, canardière ; un dard, dardé ; du fard sur la joue, un visage fardé ; du lard, du veau lardé ; un regard, il a regardé ; tard, il a tardé ; un retard, retardé.

Un billard, le brancard, le corbillard, avoir égard, un étendard, le léopard, un pétard, un pillard, un puisard, un richard, le pied, un nœud.

51. Jean a eu peur ; une armée, une enjambée, une bordée, une coudée, une ondée, une assemblée,

une bouffée, la fée Grignotte, un trophée, une dragée, une gorgée, une rangée, une araignée, une cognée, une saignée, vendre à la criée, la mariée, une allée, de la gelée, la giboulée, une giroflée, un mausolée, la mêlée, onglée, une volée, une aiguillée, la veillée, une assiettée, une charretée.

Un amphibie, une lubie, la comédie, un incendie, la maladie, la tragédie, la géographie, la lithographie, une bougie, la chirurgie, une tabagie, une folie, la lie du vin, une poulie, une économie.

Une armoire, la baignoire, une balançoire, le conservatoire, une décrottoire, une écritoire, une écumoire, une histoire, un dé en ivoire, un vésicatoire.

52. Un étang, le faubourg, un hareng saur, un long devoir, il lui a montré le poing, un orang-outang, le rang, le sang, une sangsue, une vingtaine, le coing est le fruit du cognassier.

Un harmonica, le peuple hébreu, un hectare de terrain, un héliotrope, hémisphère occidental, une mauvaise herbe, un hérétique, une héroïne, un hiver dur, un homme, le rhinocéros, la rhubarbe, un rhume opiniâtre, un rhumatisme aigu.

Un moignon, un oignon blanc, le poignard.

Un baril, le chenil, du coutil, un fusil, un gentil garçon, une côtelette sur le gril, un outil, du persil, le sourcil.

Automne, un damné, un condamné.

Monsieur Christophe.

Le paon, la paonne, le faon, la ville de Laon.

53. Le baptême, Baptiste, beaucou*p* de monde, le militaire au cam*p*, un ce*p* de vigne, un cham*p* de blé, voilà votre com*p*te, un cou*p* de poing, un animal dom*p*té, du dra*p*, aller au galo*p*, un impromp*p*tu, un lou*p*, il y en a se*p*t.

Altie*r*, altière; carnassie*r*, carnassière; entie*r*, entière; familie*r*, familière; grossie*r*, grossière.

Le batelie*r*, la batelière; le charcutie*r*, la charcutière; un épicie*r*, une épicière; le quincaille*r*, la quincaillère; le teinturie*r*, la teinturière.

Un abricotie*r*, le cerisie*r*, le citronnie*r*, le figuie*r*, un olivie*r*, un orange*r*, le palmie*r* cocotie*r*, une fleur de pêche*r*, le poirie*r*, le pommie*r*.

· Aime*r* son père; brise*r* le carreau; cause*r* du scandale; chante*r* la Marseillaise; danse*r* le galop.

54. Accès, accessible; ani*s*, anisette; avi*s*, aviser; un mur ba*s*, une maison basse; le bra*s*, embrasser; excè*s*, excessif; exprè*s*, expresse; le débri*s*, briser; conci*s*, concise; exqui*s*, exquise; indéci*s*, indécise; marqui*s*, marquise; mépri*s*, méprisable, le pay*s*, le paysan; préci*s*, précise; refu*s*, refuser; le repo*s*, reposer; le tapi*s*; tapisser; un ta*s*, entasser; troi*s*, troisième; verni*s*, vernisser.

Un abatti*s* de volaille; un abcè*s*; auprè*s* de vous, un logi*s*; un panari*s*; prè*s* de nous; un repa*s*; un rubi*s*; une souri*s*; un épai*s* tailli*s*; un très-grand bois.

55. Acha*t*, acheter; aigrele*t*, aigrelette; auvergna*t*, auvergnate; brune*t*, brunette; comple*t*, complète; comba*t*, combattre; coque*t*, coquette; déli-

cate; discret, discrète; doucet, doucette; douillet, douillette; un enfant, enfantillage; feuillet,
feuilleter; follet, follette; le fouet, fouetter.

Le baccalauréat, le cardinalat, le commissariat,
le consulat, le doctorat, épiscopat, le notariat, le
patriarchat, le pontificat, le préceptorat.

Un assassinat, un assignat, du cédrat, un cer-
tificat, un bon état, le format in-douze, un grabat,
un orgeat, un reliquat, le résultat, du miel rosat.

56. Un baquet, un bassinet, un batelet, un biquet,
un bourriquet, le Châtelet, un coffret, un coussi-
net, un jardinet, un livret, un mantelet, un œillet.

Abattement, aboiement, abonnement, accable-
ment, clairement, évidemment, horriblement,
emménagement, patiemment, prudemment.

La chaux, la croix; une faux pour couper le
foin; le flux et le reflux de la mer; une perdrix; la
poix du cordonnier; une toux sèche; le prix du
pain.

Curieux; ce que vous dites est faux; heureux,
honteux, paresseux, peureux, vertueux.

57. Le nez, le riz, le rez-de-chaussée.

Vous venez, vous parlez, vous criez, vous dan-
sez, vous lirez, vous écriviez, vous croyez.

Ces dames chantent; les fruits mûrissent; les
poires tombent; les vendeurs vendent; les oiseaux
gazouillent; les poissons nagent.

Un remède prompt; il nous interrompt; la chair
se corrompt; il rompt la glace; sept sous.

Le doigt de la main droite; vingt francs.

Un as*th*me, as*th*matique, un is*th*me.
Le chien a un instinc*t* remarquable.
Le fenou*il* est une plante potagère.
Le médecin tâte le pou*ls* au malade.
Le tem*ps* sera beau demain le matin.
Je pren*ds* garde à moi. Tu ren*ds* grâce à Dieu.

ORTHOGRAPHE DES NOMS PROPRES [1].

58. Adolphe, Adolphine. Adrien, Adrienne. Albert, Albertine. Alexandre, Alexandrine. Alphonse, Alphonsine. Antoine, Antoinette, Antonin, Antonine. Armand, Armande, Armandine, Armante, Armantine. Auguste, Augustin, Augustine. César, Césarine. Charles, Charlot, Charlotte, Caroline. Claude, Claudine. Clément, Clémentine, Clémence. Constant, Constantin, Constance. Émile, Émilien, Émilie, Éméline. Ernest, Ernestine. Étienne, Stéphane, Stéphanie. Eugène, Eugénie. Denis, Denizard, Denise. Félix, Félicien, Félicie, Félicité. François, Francis, Francisque, Françoise.

59. Gabriel, Gabrielle. Georges, Georgette. Gervais, Gervaise. Gustave, Gustavine. Henri, Henriette. Honoré, Honorine. Jacques, Jacquot, Jacqueline. Jean, Jeanne, Jenny. Joseph, Joséphine. Jules, Julie, Juliette. Julien, Julienne. Justin, Justine. Laurent, Laurence. Léopold, Léopoldine.

---

[1] Cet exercice sert à la fois pour l'orthographe des noms propres usuels et pour les majuscules.

Louis, Ludovic, Louise, Louison, Louisette. Lucien, Luce, Lucie, Lucile. Octave, Octavie. Paul, Paulin, Pauline. Pierre, Pierrot, Pierrette, Perrette. Victor, Victorien, Victorine. Sylvestre, Sylvie.

60. Alexis, Alfred, Ambroise, Anatole, André, Arthur, Baptiste, Barthélemi, Basile, Benjamin, Benoît, Bernard, Christophe, Cyprien, Daniel, David, Dominique, Edmond, Édouard, Eustache, Ferdinand, Fernand, Frédéric, Guillaume, William, Hippolyte, Isidore, Jérôme, Léon, Léonard, Martin, Matthieu, Maurice, Michel, Nicolas, Philibert, Philippe, Richard, Robert, Rodolphe, Samuel, Sigismond, Simon, Stanislas, Théodore, Théophile, Thomas, Vincent.

61. Adèle, Adélaïde, Agathe, Amélie, Anne, Annette, Béatrix, Berthe, Catherine, Cécile, Claire, Dorothée, Éléonore, Élisabeth, Betzi, Emma, Esther, Eulalie, Euphrasie, Euphrosine, Fanny, Geneviève, Gertrude, Hélène, Hortense, Iphigénie, Irma, Isabelle, Judith, Madeleine, Marguerite, Margot, Marie, Maria, Marianne, Marion, Mariette, Marthe, Mathilde, Mélanie, Olympe, Rosalie, Sidonie, Sophie, Suzanne, Suzon, Thérèse, Ursule, Valérie, Zoé.

PHRASES SUIVIES.

62. On coupe la vitre avec du cristal de roche qui est très-dur. — Ton épingle est dans son étui. —

Il ne boira pas le vin qui est dans le flacon. — Le joueur de violon est dans la cour. — Adèle perdra son serin si elle ne le soigne pas. — On ira la voir, car elle est trop malade pour pouvoir sortir de chez elle. — Un poltron a peur comme un lièvre. — Grégoire a bu comme un ivrogne. — La soupe est toute bouillante dans la soupière qui est au coin du feu. — Il y a un an et un jour que je ne lui parle plus. — Ludovic se promènera avec moi.

63. Il est bien honteux de ne savoir ni lire ni écrire.—Celui qui, dans sa faute, a recours au mensonge, ajoute encore à sa faute par le mensonge. — On peut obtenir du feu en frottant vivement un morceau de bois dur contre un morceau de bois tendre. — Donnez-moi, s'il vous plaît, un peu de viande pour manger avec mon pain. Si vous avez faim, vous pouvez manger votre pain. — En hiver, la terre est couverte de neige et de glace. — Dieu est tout-puissant et souverainement bon; il nous protége et nous guide.

64. Bonjour, maman; bonjour, mon cher enfant. Comment va la santé ce matin? Très-bien; je me suis levé tout seul aujourd'hui. — Pour se bien porter il faut se lever de bon matin et se coucher de bonne heure. — Papa est allé à Paris; il rapportera un beau polichinelle pour moi et une belle poupée pour ma sœur. — Ma bonne Cécile, un enfant bien élevé ne doit jamais dire je veux.

Charles a peur du gros chat gris; c'est un petit

poltron ; un homme ne doit pas avoir peur comme
cela ; on se moquera de lui. — Tout le monde aime
un enfant docile. — Il faut éviter avec soin de dire
du mal de son prochain. — Je me suis cogné le nez
contre la porte de l'armoire ; je saigne ; tout mon
sang coule ; je suis perdu.

65. Ma bonne amie, il faut dire ta prière avec soin
le matin en te levant et le soir en te couchant. —
Le gourmand mange beaucoup de viande et peu de
pain ; la gourmandise est un vilain défaut. — J'ai
obtenu la première place à la dernière composition
d'orthographe. — Mon livre de lecture est tout usé ;
il est aussi tout sale et tout déchiré ; mais comme
je le sais par cœur, mon maître m'en donnera un
autre plus difficile.

Lundi, mardi, mercredi, jeudi, vendredi, samedi
et dimanche : cela fait une semaine. — Les douze
mois de l'année sont : janvier, février, mars, avril,
mai, juin, juillet, août, septembre, octobre, no-
vembre et décembre.

66. La géographie est une science qui a pour
but la description de la terre. — La terre est ronde
comme une boule. — Le soleil est environ un million
de fois plus gros que la terre. — La lune est cinquante fois plus petite que la terre. — Le printemps
commence le vingt et un mars, l'été le vingt et un
juin, l'automne le vingt-deux septembre et l'hiver
le vingt-deux décembre. — La lune brille pendant
la nuit ; elle éclaire la terre.

L'Amérique, ou Nouveau-Monde, a été découverte par Christophe Colomb. — Paris est la capitale de la France; c'est une très-grande ville. Londres est la capitale de l'Angleterre; il est plus grand que Paris.

67. Le coq chante quand le soleil se lève; il est plus matinal que vous. — Le chat guette la souris et lui fait la guerre. — Un éléphant, avec sa trompe, débouche une bouteille et peut ouvrir une porte en tournant la clef dans la serrure. — Le poil du chat est doux, celui du porc et du sanglier au contraire est rude. — Qui a mangé le fromage et bu le lait? c'est le chat. Non, c'est toi, Marie.

Pour écrire il faut une plume, du papier et de l'encre. — Ce petit garçon babille comme une petite fille. — Il ne faut jamais perdre son temps quand on veut devenir savant. — C'est Dieu qui a créé le monde; il a formé Adam, le premier homme, du limon de la terre.

68. Le chat miaule, le chien aboie, le cochon grogne, le loup hurle, le taureau beugle, le coq chante, le corbeau croasse, la grenouille coasse, la poule caquette, tout cela fait un charivari à vous rompre la tête. — Le jardinier taille le pommier, le prunier, le pêcher, le rosier; il arrache la mauvaise herbe du jardin, et moi je cueille une fraise sur le fraisier.

Vous avez assez joué; maintenant il faut prendre votre leçon de dessin, et ensuite votre maîtresse de musique viendra ; il faudra prendre votre leçon de piano. — Madame, je vous souhaite le bonjour ; comment vous portez-vous ? Merci ; je me porte parfaitement.

69. Savez-vous votre alphabet ? Oui, monsieur, je le sais par cœur, sans manquer une lettre. — Julie, vous êtes bien maladroite ; vous avez cassé la glace de ma toilette, le globe de la pendule, la théière de porcelaine, le flacon d'eau de Cologne, la carafe, le pot au lait et votre tasse.

Gourmande, paresseuse, menteuse, désobéissante, moqueuse, méchante, voilà le portrait d'Augustine ; ce n'est pas tout : elle est encore grognon, maussade, boudeuse, et l'on dit même que parfois elle frappe et pince ses compagnes ; aussi on la redoute comme la peste et personne ne veut jouer avec elle : elle reste toute seule dans un coin.

70. Un petit enfant gâté vit un soir la lune dans un seau d'eau ; donnez-moi la lune, dit-il à sa bonne ; je veux la lune, moi ! Celle-ci lui répondit, en riant de son impatience : Si vous la voulez, prenez-la. L'enfant se mit alors dans une colère épouvantable ; il pleura, frappa du pied et cria si fort et si longtemps qu'il en tomba malade et manqua de mourir, car la colère peut rendre malade ; on a vu des enfants avoir la jaunisse après un accès de violente colère.

71. Je sais écrire les nombres sans faire une

faute ; vous allez voir : un , deux , trois , quatre , cinq, six, sept, huit, neuf, dix, onze, douze, treize, quatorze, quinze, seize, dix-sept, dix-huit, dix-neuf, vingt, vingt-un , vingt-deux, vingt-trois , vingt-quatre, vingt-cinq, vingt-six, vingt-sept, vingt-huit, vingt-neuf, trente, trente-un, trente-deux, trente-trois, trente-quatre, trente-cinq, trente-six, trente-sept, trente-huit, trente-neuf, quarante.... C'est assez pour aujourd'hui; je suis contente de vous, Dorothée.

DEUXIÈME PARTIE.

ORTHOGRAPHE GRAMMATICALE.

PREMIÈRE SÉRIE DE RÈGLES [1].

Formation du pluriel dans les substantifs.

La table, les tables (n° 325) [2].

[Mettre au pluriel les substantifs ci-après.]

72. Le livre, la leçon, le cahier, la maison, le
haricot, la huche, la fenêtre, la cheminée, le chien, le
soulier, le domestique, le sabot, le catéchisme, le
crayon, la chaise, la serviette, la visite, la lampe, la
chem.. , le papier, le pain, le chagrin, la soirée,
la poupée, le jardinier, le poirier, le pommier, la
semaine, le hareng, le balai, le hanneton, le pois-

[1] Les exercices de cette première série ne portent que sur les
règles fondamentales les plus simples, sur celles qui sont sans
exception et qui posent les principes généraux du pluriel et
des accords. Dans la seconde série nous comprenons celles qui,
quoique également simples et élémentaires, présentent quelques difficultés de plus, soit à cause des exceptions, soit en
raison de la combinaison un peu plus avancée qu'elles exigent
de la part de l'élève.

[2] Les numéros entre parenthèses sont ceux des paragraphes
correspondants du *Catéchisme grammatical*, du même au-
teur. Les exemples en italique placés en tête des dictées sont
les types des règles dont les dictées suivantes sont l'application.

On trouvera dans le *Catéchisme grammatical*, page 91, une
série complète d'exercices où sont réunis, dans un ordre extrê-
mement gradué, tous les cas qui peuvent se présenter dans
l'analyse grammaticale élémentaire.

2.

son, le poison, le fusil, le garçon, la fille, la marque, la casquette, la bibliothèque, la médaille, le bulletin.

[Mettre au pluriel.]

73. Le cahier, un cahier, mon cahier, ton cahier, son cahier, notre cahier, votre cahier, leur cahier, ce cahier. — La maison, une maison, ma maison, ta maison, sa maison, notre maison, votre maison, leur maison, cette maison. — Le haricot, un haricot, mon haricot, ton haricot, son haricot, notre haricot, votre haricot, leur haricot, ce haricot. — La hache, une hache, ma hache, ta hache, sa hache, notre hache, votre hache, leur hache, cette hache.

[Mettre au pluriel.]

74. L'âne, l'ânesse, cet âne, cette ânesse, mon âne, mon ânesse. L'Italien, l'Italienne, cet Italien, mon Italien, mon Italienne. L'affaire, cette affaire, mon affaire. L'alphabet, cet alphabet, mon alphabet. L'orange, cette orange, mon orange.

L'étoile, cet Américain, cette Américaine, mon aiguille, ton addition, ton oreille, cette araignée, cet éléphant, mon habit, mon âme, cet avare, cette avarice, ton image, son agrafe, cette idée, l'abeille, cet arbuste, cet abricot, son écriture, cette omelette.

Le tas, les tas ; la voix, les voix ; le nez, les nez (n° 327).

[Mettre au pluriel.]

75. Le tas, mon bas, ton bras, la voix, un tapis, notre matelas, votre discours, une souris, ce laquais, un prix, notre palais, ce nez, le riz, une brebis, le puits, un repas, une noix, un compas, un cervelas, le chasselas, le coutelas, le galetas, le lilas, un pas, ce plâtras, le taffetas, le pays, ce mets, leur procès, un faix, un Hollandais, ce marais, le temps, le sens, la faux, un revers, ce vers, un abcès, un cyprès, votre commis, ce crucifix, le débris, leur fils, un logis, une perdrix, ce rubis, un salsifis.

Le couteau, les couteaux; le cheveu, les cheveux (n° 328).

[Mettre au pluriel.]

76. Le tombeau, votre manteau, ce bateau, leur tonneau, ce noyau, le dieu, un chapeau, leur cadeau, son château, un tuyau, son pinceau, leur vaisseau, le marteau, un rideau, le feu, ce pieu, le ruisseau, votre cheveu, ton neveu, un gâteau, un berceau, un boisseau, le bourreau, ce jeu, ce lieu, le moyeu; un vœu, son aveu, un adieu, votre enjeu, un essieu, ce joyau, un jumeau, un jambonneau, un étau, cette peau, un pourceau, un pruneau, un porreau, un fricandeau, ce pigeonneau, un maquereau.

[Mettre les phrases ci-après au pluriel, s'il y a lieu.]

77. La fenêtre de la chambre.—Le clocher de l'église.— Paris, capitale de la France.— La capitale de l'empire. — Le péché de l'homme. — La blancheur de la neige. — Le bœuf de l'écurie de la ferme. — La vie de l'homme. — L'épaisseur de la glace. — La tour de notre château. — Un fruit de ce châtaignier. — Cette feuille de ce livre. — Le fusil du grenadier. — L'aile de ce pigeon. — L'encrier et la plume de l'écrivain. — Un catéchisme du diocèse.— Ma robe à la mode.— Une promenade au champ. — Un canard aux navets. —Faire un cadeau à la sœur de son ami.

Formation du pluriel et accord des adjectifs.

Un homme bon, des hommes bons (351, 378).

[Mettre au pluriel.]

78. Le chien fidèle. Le chat traître. Le tigre féroce. Un lion cruel. Un rocher escarpé. Cette vaste plaine. Ton papier blanc. Un hiver froid. Votre brave domestique. Mon grand bâton. Leur jeune cousin. Ce grand hôtel. Un fruit mûr. Un briquet phosphorique. Ce grand homme. Un livre nécessaire. Mon petit enfant. Mon bon petit ami. Le bras long. Un tapis vert. Du bois dur. Un compas exact. Un repas splendide. Le puits profond. Un chapeau rond. Leur manteau brun. Un tonneau plein. Un pinceau fin. Du vin excellent. Le lourd marteau. Le gaz inflammable. La noix verte.

Un poulet gras, des poulets gras ; un enfant peureux, des enfants peureux (n° 352).

[Mettre au pluriel.]

79. Le gros tas. Le courageux matelot. Cet enfant peureux. Mon bas gris. Un matelas épais. Un soldat anglais. Ce mauvais chemin. Le gros nez. Ce vieux soldat. Un fruit doux. Un fossé creux. Le bœuf gras. Mon enfant pieux. Votre chien roux. Ce précieux tableau. Un cheveu gris. Un joyau précieux. Mon neveu paresseux. Le chameau monstrueux. Le fils respectueux. Le hideux crapaud. L'écolier studieux. Un vent frais. Un écu faux. Un voyage dangereux. Un caractère indécis. Un chien hargneux. Le moment précis. Le pain bis.

Un beau fruit, de beaux fruits (nᵒ 353).
Des oiseaux bleus, des hommes fous (nᵒ 354).

[Mettre au pluriel.]

80. Un fruit nouveau. Mon frère jumeau. Le beau pays. Un bas bleu. Un oiseau bleu. Mon vieux parent. L'enfant curieux. Le poil ras. Un fils soumis. Le beau tombeau. Ce mauvais chemin sale. Ce petit homme boiteux. Un homme jaloux et vindicatif. Ce petit enfant sournois. Un fruit mûr et savoureux. Le fat ridicule et présompteux. Un homme fou. Le courant impétueux du fleuve rapide. Le sentier bourbeux du marais. Du vin nouveau. Un beau cadeau. Du fromage mou. Un caractère mou et capricieux.

Formation du féminin dans les adjectifs.

[Mettre au féminin les adjectifs remplacés par des tirets. Mettre les phrases au pluriel, s'il y a lieu.]

Content, contente (nᵒ 357).

81. Le grand chien. La — chienne. Le petit garçon. La — fille. Le haut clocher. La — montagne. Un hiver froid. Une bise —. Du café excellent. Leur — cuisinière. Du drap vert. Une voix —. Un bâton rond. Une boule —. Un fruit sain. Une

pomme —. Un ouvrier adroit. Une ouvrière —.
Mon manteau brun. La couleur —. Un enfant in-
grat. Une fille —. Un visage laid. Une figure —.
Cet arbre vert. Cette herbe —. Mon petit appartement. Ma—chambre. Le village voisin. La ville—.

82. Votre habit noir. Votre cravate —. Du drap
bleu. Une flamme—. Un endroit obscur Une nuit—.
Le vin pur et clair. L'eau — et —. Un homme seul.
Une femme —. Le ciel bleu. La gaze —. Le char-
bon noir. L'encre —. Ce joli animal. Cette — ha-
bitation. Le côté extérieur. La façade —. Le point
supérieur. La ligne —. Un mois antérieur. Une
année —. Le meilleur pain. La — viande. Mon fils
majeur. Ma fille —. Son frère mineur. Sa sœur —.
Un garçon poli. Une manière —. Un fruit mûr.
Une poire —. Le pain dur. La croûte —. Un récit
vrai. Une anecdote —. Un compas exact. Une mesure —. Un livre puéril. Une crainte —. Un caractère vil. Une conduite —. Un bal gai. Une soirée —. Un pieu carré. Une tige —.

Les enfants caressants sont aimés (380).

83. Mon crayon taillé. Ma plume—. Le tiroir fer-
mé. La commode—. Mon pantalon taché. Sa robe—.
Un soldat blessé. Ma jambe —. Cet oiseau perché.
Cette poule —. Un paquet cacheté. Une lettre —.
Le meuble épousseté. La chaise —. Un col cousu.
Une chemisette —. Le bureau ouvert. La caisse —.
Le château vendu. La maison —. Le bois fendu. La
bûche —. Le beurre fondu. La cire —. Mon enfant

chéri. Ma fille —. Le mal guéri. La fièvre —. L'écolier puni. L'écolière —. Le paquet affranchi. La lettre —.

Un habit rouge. Une étoffe rouge (n° 358).

84. Un homme aimable. Une femme —. Mon agréable jardin. Une soirée—. Un tableau magique. La lanterne—. Un ouragan épouvantable. Une tempête —. Un livre utile. Une histoire —. Un aveu sincère. Une conduite —. Le cerf timide. La brebis —. Un son rauque. Une voix —. Un habit propre. Une chemise —. Mon mouchoir sale. Ma cravate —. Un ruban jaune. Une fleur —. Le triste hiver. Une — saison. Un corps opaque. Une planche —. Cet honnête homme. Cette — femme.

Malheureux, malheureuse (n° 359).

85. Un soldat courageux. Une armée—. Le lièvre peureux. La souris —. Un ennemi généreux. Une personne —. Ce petit homme boiteux. Cette petite femme —. Votre précieux tableau. Sa bague —. L'écolier paresseux. L'écolière —. Le hideux crapaud. Une figure —. Un endroit spacieux. Une plaine —. Un peuple nombreux. Une foule —. Ce jeune enfant pieux et vertueux. Cette — fille — et —. Un cœur vicieux et corrompu. Son âme — et —. Leur visage crasseux. Sa main —. Un vice honteux. Une action —.

Craintif, craintive (n° 360).

86. Un élève attentif. Une assemblée—. Un champ productif. Une terre —. Un livre instructif. Une anecdote.—Un pronom interrogatif. Une phrase—. Un adverbe négatif. Une particule —. Un caractère vif. Une humeur —. Cet enfant naïf. Cette petite fille —. Un remède purgatif. Une tisane —. Mon fils adoptif. Ma fille —. Un enfant chétif. Une mine —. Un acide corrosif. Une liqueur —. Le cerf craintif. La biche —. Un froid excessif. Une chaleur—. Le prisonnier fugitif. La prisonnière —.

Premier, première (n° 361).

87. Un oiseau léger. Une plume—. Un arbre printanier. Une fleur —. Un fruit amer. Une médecine —. Mon cher papa. Ma — maman. L'aigle fier. La — Junon. Un melon entier. Une pêche —. Un propos grossier. Une parole —. Le premier homme. La — femme. Le dernier roi. La — maison. Un langage familier. Une langue —. Le garde forestier. L'école —. L'air guerrier. La tournure —. Un peuple hospitalier. Une nation —. Un plan routier. Une carte —. Un visiteur étranger. Une personne —. Un récit mensonger. Votre excuse —. Un légume potager. Une herbe —. Un revenu viager. Une rente —. Un mal passager. Une indisposition —.

EXERCICES VARIÉS SUR LE PLURIEL DES SUBSTANTIFS ET L'AC-
CORD DES ADJECTIFS.

88. Une foule d'hommes.—Une paire de souliers neufs.—Un panier de prunes mûres.—Une assiette de grosses groseilles. — Une compagnie de beaux grenadiers. — Une forêt de vieux chênes. — Une

multitude d'oiseaux sauvages. — Un grand nombre de maisons ruinées. — Un arbre chargé de fruits délicieux. — Un bouquet de roses blanches. — Un paquet de plumes taillées. — Une douzaine de mouchoirs bleus. — Mon livre de prières. — Ce recueil de poésies légères. — Un paquet d'allumettes chimiques. — Une douzaine de marrons glacés. — Une batterie de canons.

89. Une assemblée nombreuse de magistrats respectables. — Une grande page pleine de chiffres. —Les plaines arrosées par de nombreux ruisseaux. — Une corbeille pleine de bons abricots. — Une botte de navets. — Mes cahiers de devoirs. — Une liste de noms propres. — Un bataillon de soldats français. — La valeur des armées françaises. — Les vertus de nos bons parents. — Les souhaits de ces bons fils. — Les larges feuilles du figuier. — Les petits noyaux de cerise. — La mode des cravates blanches. — L'inquiétude de sa tendre mère.

90. Les petits livres instructifs du père Lami.— Les contes amusants du Petit Poucet et de Cendrillon. — Les jolis petits oiseaux du bosquet fleuri. — La verte charmille du parc du château de Versailles. — Le blé, plante indispensable à la nourriture de l'homme. — L'excellente odeur de la fleur de ce rosier des quatre saisons.— Les jolies fleurs et les fruits délicieux du jardin de mon grand-oncle Antoine. — De gros morceaux de veau tendre et succulent. — Les rubans bleus de la jolie robe de mousseline des Indes de ma cousine Caroline.

91. Les jeux dangereux de ces écoliers étourdis, imprudents et désobéissants.—Un puits plein d'eau salée. — Le bec crochu de cet oiseau de proie. — Les animaux malades de la peste.—Le zèle excessif de ces écoliers diligents. — L'écriture illisible de ces mauvais écrivains. — Les fauteuils garnis de velours rouge achetés à la vente aux enchères. — La patience admirable des professeurs de ces écoliers indociles et têtus. — La terreur inspirée par la présence des loups enragés dans la forêt voisine. — Les richesses immenses du propriétaire de la ferme cultivée par le laboureur Pierre et sa nombreuse famille.

Accord des verbes.

TEMPS SIMPLES DU VERBE ÊTRE ET DU VERBE AVOIR.

Je chante, tu chantes, il chante, nous chantons (n° 403).
Il danse, elle danse (n° 404).

[Mettre les phrases ci-après au pluriel.]

92. Je suis content. Je suis contente. Tu es content. Tu es contente. Mon frère est content; il est heureux. Ma sœur est contente; elle est heureuse. J'étais satisfait. J'étais satisfaite. Tu étais poli. Tu étais polie. Mon fils était curieux; il était insupportable. Ma fille était curieuse; elle était insupportable. Je fus indisposé. Je fus indisposée. Tu fus contrarié. Tu fus contrariée. Ce palais fut détruit; il fut abattu. Cette maison fut brûlée; elle fut démolie. Je serai obéissant. Je serai obéissante. Tu seras lier. Tu seras fière. Ce livre sera perdu ; il sera retrouvé. Cette chaîne sera dorée ; elle sera vendue. Je serais instruit si j'étais studieux. Tu serais riche si tu étais laborieux. Cet homme serait heureux s'il était vertueux ; il serait estimé.

[Mettre au pluriel.]

93. J'ai un fusil. Tu as un cousin. Ma sœur a un parapluie ; elle a une ombrelle. J'avais un couteau. Tu avais une habitude. Le voisin avait un chat ; il avait aussi une chatte. Cette vache avait du lait ; elle avait un veau. J'eus des malheurs. Tu eus des étrennes. Mon maître eut de la bonté ; il eut de la patience. Ma maîtresse eut du chagrin ; elle eut de l'ennui. J'aurai des cadeaux. Tu auras des cerises. Ce général aura de la gloire ; il aura de la renommée. Ma fille aura des prix ; elle aura de la joie. J'aurais des cheveux gris si j'étais vieux. Tu aurais du crédit si tu avais de l'honneur. Ce militaire aurait la croix s'il était courageux ; il aurait de l'avancement.

DISTINCTION DU VERBE **ÊTRE** ET DE LA CONJONCTION **ET**.

[Mettre au pluriel.]

94. Le lion *est* féroce *et* carnassier. Mon ami sois prudent, *et* toi, sois tranquille. Tu *es* faible *et* souffrant. Sois laborieux *et* tu seras content. La raie *est* un poisson large *et* plat. Ton mouchoir sale *est* dégoûtant. Un livre amusant *et* instructif. Ton livre neuf *est* instructif. Votre page *est* finie ; elle *est* propre *et* régulière. Tu *es* heureux *et* content de ton sort. Tu *es* docile *et* appliqué; ton frère *est* paresseux *et* ignorant. La plume *et* le cahier de l'élève attentif *et* laborieux. Ma fille, tu *es* aimée de tes parents *et* de tes maîtres. Cette fleur *est* épanouie; elle *est* odorante *et* suave. L'odeur suave de cette fleur fraîche *et* épanouie.

TEMPS SIMPLES DES QUATRE CONJUGAISONS RÉGULIÈRES.

[Mettre au pluriel.]

95. Je raconte une histoire intéressante. Je racontais mon aventure extraordinaire. Je racontai une anecdote surprenante. Je raconterai mon rêve. Je raconterais cette fable si elle était vraie. —Tu embrasses ta sœur. Tu embrassais ton cousin. Tu embrassas ton oncle. Tu embrasseras ton grand-père. Tu embrasserais Julie si elle avait le visage propre. —Le glouton avale une huître; il avalait un gigot; il avala un jambon; il avalera un poisson; il avalerait encore un pâté.—Ce berger garde son troupeau, il gardait ses vaches, il garda les moutons, il gardera les cochons; il garderait même les oies s'il en avait. — Compte ton argent. — Il faut que je parte demain. Je veux que tu cherches ton cahier. Il faut qu'il passe son chemin. Il fallait que je devinasse ton motif. Je désirerais que tu soignasses ton ami malade. Je voulais qu'il écoutât les bons avis.

[Mettre au pluriel.]

96. Je finis mon ouvrage. Tu finis ton verbe. L'élève finit son devoir.—Je finissais mon addition.

Tu finissais ta lecture. Ce peintre finissait son tableau. — Je finis hier ce dessin. Tu finis ton thème la semaine passée. Le narrateur finit son récit lorsqu'il me vit. — Je choisirai mon temps. Tu choisiras une place commode. Il choisira ses amis. — Je rougirais si j'avais menti. Tu affranchirais ta lettre si tu avais de l'argent. Il guérirait s'il consultait le médecin. — Obéis à tes parents. — Il faut que je nourrisse mes enfants. Je désire que tu agisses avec prudence. Il faut qu'il jouisse de ses vacances. — Il fallait que j'éclaircisse cette affaire. Je souhaitais que tu réussisses. Il fallait qu'il agît autrement.

[Mettre au pluriel.]

97. Je reçois un cadeau. Tu reçois une visite. La domestique reçoit ses gages. — Je recevais une lettre de Londres. Tu recevais un soufflet. Ce pauvre vieillard recevait l'aumône. — L'année dernière je reçus des étrennes; toi, tu reçus une infinité de belles choses; lui, il reçut une montre d'or. — Je recevrai mon paquet par la diligence. Tu recevras mon invitation à dîner. Il recevra une verte semonce. — Je recevrais la visite du médecin si j'étais malade. Tu recevrais de mes nouvelles si j'étais absent. Cet ouvrier recevrait sa paye le samedi s'il travaillait pendant la semaine. — Reçois nos vœux sincères à l'occasion de la nouvelle année. — Il faut que je reçoive sa visite. Je veux que tu le reçoives avec politesse. Je crains qu'il ne reçoive pas ma lettre à temps. — Il fallait que je reçusse votre lettre pour vous répondre. Je vou-

drais que tu reçusses mieux mes avis. Je craignais
qu'il ne le reçût pas.

[Mettre au pluriel.]

98. Je perds mon procès. Tu perds la tête. Le
vieillard perd la vue. — J'attendais votre loisir. Tu
attendais quelqu'un. Il attendait à la porte. —J'é-
tendis la main. Tu étendis le bras. La blanchisseuse
étendit son linge. — Je rendrai l'argent qu'on m'a
prêté. Tu rendras compte de tes actions. Le chrétien rendra le bien pour le mal. — Je répondrais
si je le pouvais. Tu répondrais si tu savais ta leçon. Il défendrait sa vie si elle était attaquée. —
Attends le retour du courrier. — Il faut que j'at-
tende trop longtemps. Il ne faut pas que tu perdes
ton temps. Je crains qu'il ne perde patience. — Il
fallait que je descendisse à la cave. Je craignais
que tu ne confondisses ces deux choses. Je craignais
que le chien ne me mordît.

VERBES AUX TEMPS COMPOSÉS.

[Mettre au pluriel.]

99. J'ai chanté une romance. — Tu as fini ton
devoir de français. — Le loup a dévoré le chien, le
berger et le troupeau. — J'avais réussi à retenir
ma leçon. — Le tailleur avait apporté mon habit
neuf, il l'a remporté. — J'avais été voir le château
de Fontainebleau. — Tu as eu peur du tonnerre.
— Il aurait eu chaud s'il avait allumé son feu. —
Le débiteur sortira de prison quand il aura payé
ses créanciers. — La tendre mère aurait pardonné
à son enfant s'il l'eût mérité. — Gustave aurait été

enrhumé s'il avait été au bain froid. — Célestine a eu du pain sec pour son déjeûner. — J'aurais été au bal si j'avais été prête, et j'y aurais dansé. — Quand l'ouvrier aura fini sa journée il se reposera. — Je vous aurais répondu de suite si j'avais entendu ce que vous m'avez dit.

[Mettre les verbes suivants à un temps et à une personne déterminés.]

100. Obéir à Dieu. Contenter ses parents. Finir sa tâche. Recevoir les étrivières. Perdre patience. Prêter serment. Rendre justice. Additionner des chiffres. Concevoir une idée. Attendre le beau temps. Percevoir un droit. Confondre l'imposture. Être dans son lit. Avoir peur. Recouvrer la santé. Fournir un prétexte. Succomber sous le faix. Souhaiter une bonne année. Vendre des allumettes. Répandre une fausse nouvelle. Répartir des aumônes. Babiller toute la journée. Déjeuner de café. Descendre l'escalier. Nourrir les pauvres.

VERBES A LA FORME NÉGATIVE, INTERROGATIVE ET INTERRO-NÉGATIVE [1].

[Mettre au pluriel.]

101. Ne joue pas à ces jeux dangereux. — Je n'ai pas retrouvé ma clef. — Es-tu fou? — Charles est-

---

[1] On trouvera dans le *Catéchisme grammatical*, page 89, une liste graduée de verbes à conjuguer. Il est important d'habituer l'élève à les conjuguer alternativement à la forme affirmative, négative, interrogative ou interro-négative. Un autre exercice non moins essentiel est d'en faire conjuguer fréquemment sur

il seul dans sa chambre?—Ne suis-je pas à plaindre?
—Ce pommier produira-t-il des fruits cet été?—Cet
élève sera-t-il en état de subir son examen? Aura-
t-il les connaissances nécessaires? Ne sera-t-il pas
intimidé? — As-tu reçu des nouvelles de ton parent qui est à la Guadeloupe? se porte-t-il bien?
n'a-t-il pas eu le mal de mer en route? — Ne
penses-tu pas à la fête de ton père? — Ne cherche
pas à me tromper; n'as-tu pas honte de ta conduite? — N'entends-tu pas le tonnerre qui gronde?
Non, je ne l'entends pas.

[Mettre les verbes ci-après à la forme négative, interrogative,
ou interro-négative[1].]

102. On abolira les coutumes barbares. — On
établira une garnison dans cette ville. — On finit la
contredanse. — On perd son temps à causer. — On
jouit du plaisir de la campagne. — On concevra de
l'inquiétude.— On réussira à apprivoiser cet animal. — On indiquera le moyen de réussir. — On
affranchira cette lettre à la poste. — On a oublié de
donner les leçons. — On aura reçu de ses nouvelles dimanche prochain.— On a répandu des bruits
fâcheux sur son compte. — On couvre la marmite.

---

les temps primitifs; c'est-à-dire qu'au lieu de suivre l'ordre
ordinaire des temps, l'élève place à la suite de chaque temps
primitif tous les temps qui en sont dérivés.

[1] Nous engageons à répéter cet exercice sur toutes les dictées des verbes, depuis la 92e jusqu'à la 100e, c'est-à-dire à
faire mettre les phrases à l'une des formes ci-dessus indiquées,
en insistant principalement sur la forme interrogative et la
forme interro-négative.

— On pave la rue. — On console un ami malheureux. — On heurte à la porte ; allez ouvrir.

EXERCICES VARIÉS SUR LES RÈGLES DE LA PREMIÈRE SÉRIE.

103. Les serins sont de jolis petits oiseaux jaunes. — Nous aurons des bals nombreux cet hiver. — Pierre était à Paris et Georges à Londres ; ils étaient malades. — Nous aurons d'excellentes asperges à notre dîner. — Les petits oiseaux étaient perchés sur la branche de l'arbre, et gazouillaient leur doux ramage. — Mon fils, aie compassion des pauvres gens infirmes et misérables, car ils sont bien malheureux. — Mon Dieu, ayez pitié de nous, pauvres petits orphelins. — Le Pérou est le pays natal, la vraie patrie des lamas ; ils ont un caractère doux et paisible, et sont utiles au transport des marchandises. — Stéphanie était malade ce matin ; elle avait mal à la tête, à l'estomac, aux dents, aux pieds et à la langue.

104. Tu mériterais une correction exemplaire pour avoir menti. — Cette jolie demoiselle a touché du piano, et sa sœur a pincé de la harpe d'une manière ravissante ; elles ont enchanté toute la société. — Si tu réfléchissais mieux, tu saisirais mieux les difficultés de la langue française. — Dieu créa le ciel et la terre en six jours, et le septième il se reposa. — Les Païens adoraient Jupiter, Saturne, Neptune et une foule de faux dieux. — Les marchands Ismaélites achetèrent Joseph pour trente pièces d'argent, et le vendirent ensuite à Putiphar, intendant du Pharaon ou roi d'Égypte. — Isaac, à son lit de mort, bénit Jacob et Ésaü. — Plusieurs voyageurs intrépides ont gravi le Mont-Blanc, la plus haute montagne de l'Europe.

105. Salomon demanda à Dieu la sagesse; Dieu la lui accorda, et lui donna en même temps les richesses. — Les vapeurs des nuages se condensent et forment la pluie qui tombe en gouttes plus ou moins grosses. — J'aperçus, en me promenant dans la rue, un pauvre homme couché au coin d'une borne, mourant de faim et de froid; je lui donnai de quoi acheter du pain et des habits. — Nous conçûmes des soupçons sur la fidélité de notre cuisinière qui, dit-on, faisait danser l'anse du panier. — Les castors travaillent au bord des rivières; ils coupent des arbres entiers pour bâtir leurs habitations. — Ce laboureur travaille du matin au soir; il laboure et fume ses champs pour qu'ils produisent davantage.

106. Cet enfant a-t-il de l'intelligence et une mémoire heureuse? Oui, il apprend tout très-facilement et en peu de temps. — Aurait-on congédié le domestique infidèle s'il n'avait pas été pris sur le fait? Sera-t-on plus content de celui qui l'a remplacé? Nous l'espérons. — Votre professeur d'anglais sera-t-il content de vous? Aura-t-il beaucoup de fautes grossières à corriger? Avez-vous apporté à votre travail le zèle et l'application nécessaires? — L'hiver a dépouillé les arbres de leurs feuilles; mais au printemps ils verdiront de nouveau. — Les paysans et les paysannes ont dansé sur l'herbe toute la journée de dimanche dernier ; le ménétrier du village jouait de la vielle et du crincrin.

107. Tirez le cordon, s'il vous plaît. Qui demandez-vous ? Je ne demande personne. — Les curieux écoutent aux portes ; cela est bien vilain. On en est quelquefois bien puni. Cécile écoutait ainsi un jour à la porte de sa maman ; tout à coup on ouvre la porte violemment et elle la reçoit juste sur le nez ; elle saigna pendant deux heures et eut une grosse bosse au front. On dit qu'elle fut corrigée de sa curiosité et qu'elle n'écouta plus aux portes. — Le temps est magnifique, mon cher Henry ; la promenade de ce matin sera agréable.— Levez-vous donc, petit paresseux ; n'est-il pas honteux, quand on a six ans passés, d'être encore au lit à huit heures du matin ?

108. Avez-vous été au Jardin des Plantes ? Si vous y allez, ne manquez pas de rendre visite aux singes qui sautent et gambadent d'une façon si originale. N'oubliez pas non plus les ours qui se dressent si grotesquement pour attraper les morceaux de gâteau qu'on leur jette et qu'ils reçoivent si adroitement. On y voit des animaux de toutes sortes et dont les cris divers font un vrai charivari ; jugez quand on entend les gros chiens qui aboient, les petits chiens qui jappent, les chats qui miaulent, les loups qui hurlent, les brebis qui bêlent, les chevaux qui hennissent, les ânes qui braient, les bœufs qui beuglent, les taureaux qui mugissent, les lions qui rugissent, les pigeons qui roucoulent, les poules qui gloussent ou qui caquettent, les coqs qui chantent, les poussins qui piaulent, les corbeaux qui croassent, les grenouilles qui coassent, les renards qui glapissent, les serpents qui sifflent, les oiseaux qui gazouillent, les abeilles qui bourdonnent [1].

Ma chère maman,

109. Quel plaisir pour moi de pouvoir t'écrire ! Il y a six mois je ne savais pas encore former une lettre ; à présent je puis écrire toute seule. J'espère que tu seras satisfaite de mes progrès, car on ne m'a pas tenu la main et on n'a pas corrigé les fautes d'orthographe. Ma maîtresse m'a dit qu'elle était très-contente de moi ; c'est pourquoi elle m'a donné la médaille et un bon bulletin ; aussi j'espère bien obtenir des prix à la fin de l'année ; je fais tous mes efforts pour cela, car je sais combien tu serais malheureuse si je restais un âne comme Mathilde.

Adieu, ma chère petite maman ; je t'embrasse de tout mon cœur,

Ta fille qui t'aimera toujours,
Sophie.

Ma chère Sophie,

110. Ta lettre m'a fait un plaisir infini ; car je vois en effet que tu profites des leçons que tu reçois. Puisque tu peux maintenant écrire toute seule, je

---

[1] Le bourdonnement de l'abeille est produit par le mouvement rapide de ses ailes ; elle n'a point de cri, non plus que tous les autres insectes.

pense que tu pourras aussi lire ma lettre sans te faire aider. Je suis seulement fâchée d'une chose, c'est de ce que tu dis de ta cousine Mathilde. Il n'est pas charitable de faire ressortir les défauts des autres ; quand on a un bon cœur, on ne médit jamais de personne ; on doit toujours, au contraire, chercher à excuser ceux qui font mal. Si Mathilde est ignorante, c'est un malheur pour elle ; car elle sera la première à en souffrir plus tard : il faut donc la plaindre et tâcher de faire mieux.

Adieu, ma bonne petite Sophie,

Ta mère qui t'embrasse bien tendrement.

DEUXIÈME SÉRIE DE RÈGLES.

Suite de la formation du pluriel dans les substantifs [1].

Le joujou, les joujoux (n° 329).

[Mettre le signe convenable du pluriel.]

111. Les gens sales ont des *pou*. — Les souris creusent des *trou* dans les murailles. — Les *filou* préfèrent les *bijou* aux *joujou*. — Les portes des prisons ont des *verrou* pour empêcher les prisonniers de sortir. — Le jardinier enlève les *caillou* du jardin pour pouvoir planter des *chou* ; il mettra des *clou* dans la muraille pour attacher la

---

[1] Voyez la note, page 33.

vigne. — Dans le village de Charenton il y a un cé-lèbre hôpital de *fou*. — Les rats sont la proie des *matou*. — Le maître d'école fera mettre les écoliers paresseux à *genou*. — Les *hibou* et les chats voient pendant la nuit. — On fait des cannes avec des *bambou*. — Le cri des *coucou* est monotone. — Les *sapajou* sont de petits singes que l'on trouve dans les contrées chaudes de l'Amérique. — Don-nez deux *sou* à ce petit Savoyard qui chante : Ra-monez ci, ramonez là, la cheminée du haut en bas.

Le journal, les journaux (n° 330, 331).

[Mettre les phrases ci-après au pluriel.]

112. J'ai lu le *journal* ce matin. — Le *chacal*, animal sauvage, ressemble au renard. — Ce *fanal* servira de signal au marin. — Le *bal* du dernier *carnaval* a été très-brillant. — Ce *général* monte un *cheval* ombrageux et fougueux. — Le *pipal* est un crapaud énorme commun à Cayenne dans la Guyane. — Le *cardinal* porte une robe rouge; il porte aussi un chapeau rouge. — Le pauvre reçoit des soins gratuits dans l'*hôpital*. — Le prêtre donne le sacrement de pénitence dans le *confessionnal*. — Vous mettrez ces fruits dans un *bocal* de cristal. — Le *cristal* brille de diverses couleurs à la lumière. — La créosote guérit le *mal* de dents.

113. Le commissaire dresse un *procès-ver-bal*. — Le *principal* du collége distribue des prix à la fin de l'année. — Tu additionnes ce compte pour en avoir le *total*. — Le *narval* est un poisson de la mer des Indes. — Le *sénéchal* était un officier de justice.—Cette fête est un *régal* magnifique. — Je visiterai les catacombes avec un *fanal*. — Cet ouvrier a un *cal* à la main. — Le hideux *pipal* inspire du dégoût.—Les *pipeaux* champêtres charment les loisirs des bergers. — Ce banquier a mis un fort *capital* dans une entreprise de *canal*. — L'*arsenal* renferme plus d'un *quintal* de poudre.

Le soupirail, les soupiraux (332, 333, 334, 335).

114. Le *maréchal* ferrant a un *travail* à sa porte pour ferrer le *cheval* vicieux. — Je ferai un *bail* avec mon locataire. — On pêche le *corail* au bord de la mer ; on en trouve beaucoup dans la mer Rouge. — Le *soupirail* donne de l'air dans la cave. — Le prêtre porte un *camail* en hiver. — L'*éventail* est commode en été pour se garantir de la chaleur. — Le *Provençal* mange de l'*ail* avec délice. —Cet employé a eu un *travail* avec le ministre. — Cet *épouvantail* est utile pour chasser les oiseaux qui viennent manger les grains dans les champs.

115. La tempête brisa notre *gouvernail*. — C'était un marchand de *bétail*. —Cet *attirail* est inutile et embarrassant.—Les femmes turques sont logées dans le *sérail*. —Ce bijoutier a un superbe *émail* dans son magasin. — Ce taureau a le *poitrail* blanc. — Le *ventail* forme la partie inférieure d'un casque. — Tout le monde n'aime pas l'*ail* dans la salade. — Vous demanderez au serrurier le devis du *travail* qu'il doit vous faire. — Donnez-moi, dans votre prochaine lettre, le *détail* de votre voyage. — Le *bétail* rentrera à l'étable par le *portail* de la grange.

Ciel, œil, aïeul (336, 337, 338).

[Rectifier le pluriel s'il y a lieu.]

116. La soupe grasse a beaucoup d'*œil*. Les bœufs ont de gros *œil*. On percera des *œil* de bœuf aux portes de ce cabinet noir. — Notre père qui êtes aux *ciel*. — L'Italie est sous un des plus beaux *ciel*. — Les *ciel* sont le séjour des bienheureux.— La grâce ouvre aux chrétiens la porte des *ciel*. — Les *ciel* de ces carrières ne sont pas solides.—Les *ciel*-de-lit étaient à la mode chez nos *aïeul*. — Ce peintre excelle à peindre les *ciel* de ses tableaux. — Ses deux *aïeul* assistaient à son mariage. — La guerre était la principale occupation de nos *aïeul*. — J'hériterai d'un de mes *aïeul*.

Suite de la formation du pluriel des adjectifs.

[Mettre au pluriel s'il y a lieu.]

Égal, égaux (n° 355).

117. Un caporal *brutal*. — Le nombre *décimal* est divisible par dix. — Un son *nasal*. — Un adjectif *verbal*. — Ce pauvre mendiant *bancal*. — La décoration de cette pièce offre un effet *théâtral* magnifique. — L'Océan *glacial* est couvert de glace. —La mitre de l'évêque est un ornement *pontifical*. — Un esprit *infernal*. — Le nombre *cardinal* indique une certaine quantité d'unités, et le nombre *ordinal* marque l'ordre et le rang. — J'ai visité le palais *impérial* et le château *ducal*. — Cet amiral a soutenu un combat *naval*. — On allume le cierge *pascal* à Pâques. — Cet événement serait-il *fatal* à nos projets?

118. Le son *initial* est au commencement des mots, le son *médial* au milieu, et le son *final* à la fin. — Le maire est un officier *municipal*. — Un terme *grammatical*. — Le vent du nord est *glacial*. — Ce plancher n'est pas bien *horizontal*.—Le palais *épiscopal* est la demeure de l'évêque, et le palais *archiépiscopal* est celle de l'archevêque. — Le canal *latéral* suit le cours de la rivière. — Tu publies un journal *libéral*. — Un mot *trivial* est inconvenant dans la bouche d'une personne polie.— Le four *banal* est à l'usage de tous les habitants d'un village. — Ce juge n'a pas été *impartial*.

Suite de la formation du féminin dans les adjectifs.

[Mettre les adjectifs féminins remplacés par des points. Mettre les phrases au pluriel s'il y a lieu.]

Bon, bonne; ancien, ancienne; cruel, cruelle; pareil, pareille (n° 362).

119. Dieu est *éternel*. Pense à la vie..... L'amour *paternel* et l'amour *maternel*. La tendresse ..... et la tendresse ..... J'éprouve un froid *mortel*. La dépouille..... de l'homme sera réduite en poussière. Vous êtes coupable de tenir un *pareil* langage dans une ..... circonstance. Les temps *anciens*. La Phénicie était une contrée ..... Ce colonel *autrichien* est en garnison dans une ville..... Le langage *italien*. La langue ..... Donnez un *bon* exemple à vos frères. Il est de ..... humeur ce matin. Cet homme est *criminel*; il a commis une action ..... qui le conduira à l'échafaud. Le sacrifice de la messe est un sacrifice *solennel*. Pâques est une fête ..... chez les chrétiens. Les peuples *chrétiens* sont ceux qui professent la religion..... Un visage *vermeil*. Il a des joues. ...

Surpris, surprise (n° 363).

120. Mettez votre habit *gris*, votre sœur mettra sa robe ..... Les *mauvais* écoliers font de ..... farces. Un caractère *indécis*. Votre sœur est ..... sur le parti à prendre. Les bœufs *gras* font de la soupe ..... Un *gros* tonneau. Une ..... somme d'argent. Le voyageur est *las* de son voyage. Ma jument est ..... Ce banc est trop *bas* pour vous. Prenez une chaise plus .....; celle-ci est trop haute. Le général donna un ordre *exprès* et fit une recommandation..... On aime un discours *concis*. Une phrase ..... n'est pas longue. Nous avons bu du vin *exquis*. Comment trouvez-vous cette sauce? A mon avis elle est...... — J'arrivai à midi *précis*, et vous à une heure .....

Muet, muette (n° 364).

121. Les évêques portent des habits *violets*. La couleur ..... est généralement peu solide. — Ce fruit est *blet*. Aimez-vous les poires . . . . . ? —Mon fils *cadet* est au collége, et ma fille . . . . en pension. — Un petit appartement *propret*. Une jolie chambre . . . . . Un ouvrage complet. J'ai acheté les œuvres . . . . . de Fénelon. — Mon ami sois *discret*. Ma fille sois . . . . . — Il est *inquiet* de son sort. Ma sœur est . . . . . sur ma santé.—Quand le voyageur sera *prêt* à partir, sa voiture sera . . . . . — Un gros monsieur *replet*. Une dame . . . . . est celle qui a trop d'embonpoint. — Un endroit *secret*. La porte . . . . . est cachée. — Dix francs est un nombre *concret*, ou, si l'on veut, c'est une quantité . . . . . — On dit d'un jeune homme *douillet* qu'il a été élevé dans du coton ; il est plus pardonnable à une jeune fille d'être un peu . . . . .

Beau garçon, bel enfant, belle femme (nᵒ 365).

[Rectifier l'accord des adjectifs s'il y a lieu.]

122. Un *beau* cadeau. — Un *beau* homme. — Les grenadiers sont de *beau* hommes. — Tu as un *beau* habit neuf. — Elle a une *nouveau* robe. — Charles est un *beau* enfant. Une troupe de *beau* enfants. — Mon *vieux* ami. — Mon *vieux* camarade. — Une paire de *vieux* amis. — Un *nouveau* chapeau. —Prêtez-moi, dit la cigale, quelques grains pour subsister jusqu'à la saison *nouveau*. — Une *vieux* femme. —Le jour du *nouveau* an. — Un *vieux* homme. — Un *vieux* bonhomme. — Cet homme est *fou*. — Il a un *fou* espoir. — Son espérance est *fou*. — Son esprit est *fou*. —Un *fou* esprit.

123. Une poire *mou*. — Un *mou* abandon. — Il dort sur le *mou* édredon. — Une vie *mou* et efféminée. — Une *beau* fleur. — Philippe le *Bel* était le quatrième du nom. — La gelée a fait périr le plus *beau* arbre du jardin. — J'ai cueilli un *beau* bouquet de *beau* fleurs pour faire une *beau* guirlande qui fera un *beau* ornement. — Nous avons bu du vin *nouveau*. — Connaissez - vous nos *nouveau* hôtes ? — Ils ont nommé un *nouveau* arbitre pour leur procès. — Ils ont choisi de *nouveau* arbitres. — Les chairs sont les parties *mou* du corps.

Blanc, blanche (n° 376—377).

| Mettre les adjectifs féminins. |

124. Du drap *blanc*. De la toile ..... — J'ai reçu un paquet *franc* de port. Une lettre ..... de port. — Aimez-vous les œufs *frais* à la coque ? L'ogre disait : Je sens la chair ..... — Julienne, vous achèterez deux livres de raisins *secs* et une boîte de confitures ..... — Le Jardin des Plantes est *public*; c'est une promenade ..... — Un vieillard *caduc*. La vieillesse ..... — Le turban fait partie du costume *turc*. Le sérail est l'appartement des femmes ..... — Un professeur *grec* m'a enseigné la langue ..... ; il m'a fallu pour l'apprendre un *long* travail; des études ..... et pénibles. — Un in-quarto *oblong*. Une brochure ..... — Le médecin prescrira un remède *bénin*, parce que la maladie elle-même est ..... — On dit que les petits garçons sont *malins*; je crois que les petites filles ne sont pas moins .....

125. La soupe aux choux est mon mets *favori*
et la bière ma boisson . . . . . — A cette nouvelle il
resta *coi* ; elle resta . . . . . — Je n'ai *nul* espoir de
revoir ma patrie ; . . . . . espérance ne vient adou-
cir mes ennuis. —Le *sot* orgueil est présomptueux ;
la . . . . . vanité ne l'est pas moins. —Il est déjà
vieillot. Elle commence à être . . . . . —J'ai un frère
jumeau et une sœur . . . . . — Le miel est *doux*. La
cassonnade est . . . . . — Un *faux* diamant. Une
. . . . . nouvelle.—Charles est *jaloux* de sa cousine;
il a l'humeur . . . . . — Les loups ont le poil *roux*.
La crinière du lion est . . . . . — L'assemblée du
tiers État. Nous admettrons une . . . . . personne à
notre entretien. — Isaac est un nom *hébreu*; Sara,
Rachel sont des noms communs parmi les femmes
israélites ou des Hébreux. La langue . . . . . n'est
plus parlée; c'est une langue morte. — Cette demoiselle a les cheveux *châtains*. — L'air *fat* est
ridicule. — Je suis frais et *dispos* ce matin. —- Elle
a été *capot* au jeu de piquet.

FÉMININ DES NOMS DE PEUPLES[1].

[Mettre les féminins remplacés par des tirets.]

126. L'Afrique, Africain,—. Alger, Algérien,—.
L'Allemagne, Allemand, —. L'Alsace, Alsacien, —.
L'Amérique, Américain, —. L'Andalousie, Anda-
lous, —. Angers, Angevin, —. L'Angleterre, An-

______

[1] Cet exercice a le double but d'enseigner l'orthographe des
noms de villes et de contrées les plus connues, et d'offrir une
application des diverses règles de la formation du féminin.

glais, —. L'Arabie, Arabe, —. L'Arménie, Arménien, —. L'Asie, Asiatique, —. Athènes, Athénien, —. L'Autriche, Autrichien, —. L'Auvergne, Auvergnat, —. Avignon, Avignonais, —.

Babylone, Babylonien, —. La Bavière, Bavarois, —. Le Béarn, Béarnais, —. La Belgique, Belge, —. Berne, Bernois, —. La Biscaye, Basque, —. La Bohême, Bohémien, —, ou Bohême, —[1]. Bordeaux, Bordelais, —. La Bourgogne, Bourguignon, —. Le Brésil, Brésilien, —. La Bresse, Bressan, —, La Bretagne, Breton, —.

127. La Cafrerie, Cafre, —. Le Canada, Canadien, —. Carthage, Carthaginois, —. La Castille, Castillan, —. La Catalogne, Catalan, —. Le pays de Caux, Cauchois, —. La Champagne, Champenois, —. Le Chili, Chilien, —. La Chine, Chinois, —. La Colombie, Colombien, —.

Le Danemark, Danois, —. Le Dauphiné, Dauphinois, —.

L'Écosse, Écossais, —. L'Égypte, Égyptien, —. L'Espagne, Espagnol, —. L'Europe, Européen, —.

La Flandre, Flamand, —. Florence, Florentin, —. La France, Français, —.

La Gascogne, Gascon, —. La Gaule, Gaulois, —. Gênes, Génois, —. Genève, Genevois, —. La Grèce, Grec, —.

---

[1] *Bohême* se dit des habitants de la Bohême; *Bohémien* ne s'emploie qu'en parlant d'une race nomade et vagabonde dont l'origine est inconnue, et qu'on nomme *Gitanos* en Espagne, *Zingari* en Italie, *Gipsy*, *Gipsies* en Angleterre.

Haïti, Haïtien, —. La Havane, Havanais, —. La Hollande, Hollandais,—. La Hongrie, Hongrois,—.

128. L'Inde, Indien, —, ou Indou, —[1]. L'Irlande, Irlandais, —. L'Italie, Italien, —.

Le Japon, Japonais, —. Java, Javanais, —. La Judée, Juif, —.

Le Languedoc, Languedocien, —. La Laponie, Lapon, —. Limoges, Limousin, —. La Lombardie, Lombard, —. La Lorraine, Lorrain. — Lyon, Lyonnais, —.

Mâcon, Mâconnais, —. Malte, Maltais, —. Le Mans, Manceau, Mancelle. Le Maroc, Marocain, —. Marseille, Marseillais, —. Le Mexique, Mexicain, —. Milan, Milanais, —. La Moldavie, Moldave, —. Moscou, Moscovite,—.

Nantes, Nantais, —. Naples, Napolitain, —. Nevers, Nivernais, —. Nigritie, Nègre, Négresse. Nîmes, Nimois, —. Ninive, Ninivite, —. La Normandie, Normand, —. La Norwége, Norvégien,—.

Orléans, Orléanais, —.

129. Paris, Parisien, —. Le Périgord, Périgourdin, —. Le Pérou, Péruvien, —. La Perse, Persan, —[2]. La Picardie, Picard, —. Le Piémont, Piémontais, —. Le Poitou, Poitevin, —. La Pologne, Polonais, —. Le Portugal, Portugais, —. La Provence, Provençal, — La Prusse, Prussien, —.

---

[1] *Indou* est le nom moderne des habitants de l'Indoustan.

[2] *Persan* est le nom moderne ; on dit *les Perses* en parlant des anciens habitants.

La Romagne, Romagnol, —. Rome, Romain, —. Rouen, Rouennais, —. La Russie, Russe, —.

La Sardaigne, Sarde, —. La Savoie, Savoisien, —, ou Savoyard,—[1]. La Saxe, Saxon,—. La Sicile, Sicilien, —. Strasbourg, Strasbourgeois, —. La Suède, Suédois, —. La Suisse, Suisse, Suissesse.

La Tartarie, Tartare, —. Thèbes, Thébain, —. Le Thibet, Thibétain, —. Toulouse, Toulousain, —. Tours, Tourangeau, Tourangelle. Tunis, Tunisien, —. La Turquie, Turc, —. Le Tyrol, Tyrolien, —.

La Valachie, Valaque, —. Le Valais, Valaisan, —. La Vendée, Vendéen, —. Venise, Vénitien, —. Vienne, Viennois, —.

Suite de l'accord des adjectifs.

[Faire accorder les adjectifs.]

Ma mère et ma sœur sont instruites (n° 382).

130. L'air et le feu sont *nécessaire* à la vie. — Il étudiera la langue et la littérature *grec*. — Le Rhin et le Rhône sont *rapide*. — La géographie, l'histoire et l'arithmétique sont *utile* dans toutes les positions de la vie. — La paresse et l'insouciance sont *nuisible* à tout le monde. — L'homme riche et le pauvre sont *égal* aux yeux de

---

[1] *Savoisien* se dit des habitants de la Savoie en général ; *Savoyard* s'emploie principalement pour désigner les gens du peuple et les individus exerçant certaines professions, comme les ramoneurs, les commissionnaires.

Dieu. — La colline et la vallée sont *ombragé* par des arbres touffus. — On aime le lait et le café *sucré*. — On apprête pour le dîner un faisan et un perdreau qui sont très-*délicat* et qui seront *cuit* à point. — Le prône et le sermon de M. le curé ont été *long* aujourd'hui.

Ma mère et mon père sont vieux (nº 383).

131. Un homme et une femme *malheureux*. — Le jour et la nuit sont *égal* sous l'équateur. — Le soleil et la lune sont *brillant*. — La neige et le lait sont *blanc*. — La neige et la crême sont *blanc*. — Votre *joli* maisonnette et votre *petit* jardinet sont *situé* sur une colline *pittoresque* et sont *entouré d'épais* forêts. — La terre et la lune sont *rond*. — La terre, la lune et le soleil sont *rond*. — Mon cabinet et ma chambre à coucher sont-ils *propre*? Non, ils ne sont pas encore *nettoyé*. — La bonne encre et le bon cirage sont *noir* et doivent être *brillant*. — Les singes font des grimaces et des gestes *extravagant*.

132. Charlotte et Betzi sont *capricieux*; aussi elles ne sont *aimé* de personne. — Charlotte, Betzi et Joseph sont *capricieux*; ils ne sont *aimé* de personne. — Sophie et Julie sont *malin* comme des singes. — Sophie, Julie et Willam sont *malin*. — Christophe a le caractère et l'humeur *doux*; il a un zèle et une activité *digne* d'éloges. — Les enfants bien portants ont ordinairement les lèvres et le teint *vermeil*. — Nous avons acheté du drap et de la toile *bleu,* de la mousseline et de la percale *bleu* et *blanc.* — La paresse et le vice sont *voisin.* — La paresse et la misère sont *voisin.* — Dans la Laponie, la ronce, le genièvre et la mousse font *seul* la verdure de l'été.

Un fils ou une fille soumise (n° 384).

133. Un livre et une histoire *instructif.* — Un livre ou une histoire *instructif.* — Une histoire ou un livre *instructif.* — Une écriture et un style *soigné.* — Une écriture ou un style *soigné.* — Un style ou une écriture *soigné.* — Mettrez-vous aujourd'hui votre habit ou votre veste *neuf;* votre casquette ou votre chapeau *neuf?* Je mettrai mon habit et ma veste *neuf,* ma casquette et mon chapeau *neuf.* — Il mange tous les jours à son dîner une oie et un poulet *rôti,* une dinde ou un chapon *farci,* un pâté et une volaille *truffé,* quatre côtelettes *pané,* des haricots *vert* ou un artichaut bien *cuit,* une omelette *soufflé,* une salade ou des asperges *assaisonné;* il boit toujours du vin ou de la bière *frais.*

Suite de l'accord des verbes.

[Rectifier l'accord des verbes s'il y a lieu.]

Mon père et ma mère dînent en ville. (n° 405).

134. La sauterelle *saute.* — Les sauterelles *saute.* — La puce et la sauterelle *saute.* — La chenille ni le lézard ne *saute.* — Mon père *partira* ce soir. — Mon père et ma mère *partira* ce soir. — Mon père ni ma mère ne *partira* ce soir. — L'abeille *tra-*

vaille à construire sa ruche. — Les abeilles *tra-vaille* à construire leurs ruches. — La fourmi et l'abeille *travaille* à construire leurs habitations.— La pluie *commence* à tomber. — La pluie et la neige *commence* à tomber. — Le bœuf et la vache *rumine; il laboure* la terre. — *Vive* le roi et la reine. — *Vive* les Français. — Les sentinelles *crie* : Qui vive ! — Ni la maison ni le jardin n'*est* ma propriété. — Ni Charles ni Édouard ne *recevra* de prix cette année. — Ni l'un ni l'autre n'*est aimable*.

155. L'herbe que *broute* le bœuf et la vache pousse dans les prairies. — Un enfant doit suivre les conseils que lui *donne* son père et sa mère. — La terre est-elle le seul globe qu'*éclaire* le soleil et la lune. — L'exemple que *donne* les mauvais sujets vous semble-t-il bon à suivre? N'avez-vous pas une volonté et une résolution assez *ferme* de ne pas les imiter? — L'application que *montre* ces deux enfants leur concilie l'affection de leurs professeurs. — La jouissance que *donne* le travail et l'étude est durable, tandis que l'oisiveté et la paresse ne *procure* que de l'ennui. - Le temps que *perde* ces jeunes personnes, elles ne le retrouveront pas. — Les contrées que *sépare* le détroit de Gibraltar sont l'Espagne et l'Afrique.

Mon père ou ma mère viendra ce soir (n° 406).

156. Est-ce la terre ou le soleil qui *tourne?* Tous les deux *tourne* sur leur axe. — Est-ce la terre ou les étoiles qui *tourne.* — Son frère ou lui *perdra* sa place.—Est-ce Fénelon ou Bossuet qui *a dit* cela?

— Le bonheur ou le malheur des peuples *dépend* souvent d'un seul homme. — La crainte ou l'espérance lui *ôte* le repos. — Ni la crainte ni l'espérance ne lui *ôte* le repos. — Est-ce la joie ou la douleur qui te *fait* pleurer? — Est-ce la tête ou les pieds qui te *fait* mal? — Jean ou Julien *partira* ce soir. — La crainte d'une punition ou l'espoir d'une récompense vous *donnera* de l'application. — Est-ce Adam ou Ève qui *a écouté* la voix du démon? Adam et Ève l'*a écoutée* tous les deux.

Le cheval, ainsi que le bœuf, sert au labourage.

137. La Bourgogne, ainsi que la Champagne, *produit* d'excellent vin. — Le roi, de même que le berger, *est* sujet à la mort. — La fortune, aussi bien que les dignités, *rend* l'homme orgueilleux. — La fortune, non plus que les honneurs, ne *donne* le vrai bonheur. — La faim, aussi bien que la soif, *acheva* de nous épuiser. — Les plus petites choses, comme les plus grandes, *prouve* la puissance de Dieu. — L'adjectif et le pronom, aussi bien que le verbe, s'*accorde* avec le substantif. — La lune, de même que tous les satellites, n'*a* qu'une lumière empruntée.

[Mettre les phrases ci-après au pluriel.]

138. Tais-toi donc, maudit bavard, tu m'étourdis. — Je t'apprendrai le français que tu ne sais pas, et que tu as besoin de savoir. — Dis à cet enfant que je lui pardonne. — Ce médecin a prescrit à son malade un silence absolu ; il lui défend en outre le moindre mouvement. — Cet écolier se cache; mais le maître le voit s'esquiver; il va le prendre par l'oreille et le conduire à sa place; il lui dit : prends garde à toi, méchant petit garnement. L'enfant répond : je ne le ferai plus. — Sa maison est brûlée; il la fera rebâtir et y fera ajouter une aile. — Fais donc attention ; tu vois bien que tu lui fais du mal.

139. Ce livre est amusant; je voudrais le lire ; veux-tu me le prêter? Si je te le prête, quand me le rendras-tu? Je te le rendrai bientôt. — Dis-moi la vérité; n'as-tu pas cassé l'assiette qui est brisée? Non, c'est le chat. N'as-tu pas mis ton doigt dans la crême? Non, c'est le chat. N'as-tu pas mangé la poire qui manque? Non, c'est le chat. Je ne savais pas que le chat aimât les poires. — Ce monsieur ne vient pas. Va toi-même lui dire que je l'attends, et que s'il n'arrive pas, je dînerai sans lui. Il m'a répondu qu'il te remercie; mais qu'il est fatigué et qu'il ne peut sortir. — Pourquoi cet enfant est-il malade? Qu'a-t-il? Il a eu une indigestion. S'il continue, il se fera mourir.

140. Cette composition est bonne; mais celle-ci est préférable; elle est mieux écrite. — Le journal dans lequel j'ai lu cette nouvelle ne paraît que le dimanche. — La personne avec laquelle j'ai causé est instruite et parle très-bien anglais; elle sait aussi l'italien et l'espagnol. — Que fais-tu là la bouche béante? A quoi penses-tu? Tais-toi, tu ne sais ce que tu dis. — Un joujou est tout ce que demande un petit enfant. Tiens, mon petit ami, prends celui-ci qui est plus joli; il t'amusera davantage. — Un enfant bien élevé doit toujours dire merci quand on lui donne quelque chose. Celui-ci n'est guère poli; il prend et ne dit rien; s'il aperçoit son livre entre les mains de quelqu'un, il dit grossièrement: c'est le mien, rendez-le moi, je le veux. C'est un manant fieffé. Voudrais-tu qu'on dît cela de toi, mon fils?

[Mettre les phrases ci-après au singulier.]

141. Les employés travaillent.—Les musiciens qui jouent. — Les hommes que nous voyons. — Les livres que nous lisons. —La négligence dont nous t'avons accusé. — Les livres dans lesquels nous avons étudié ces sciences. — Vous cherchiez des noisettes; en avez-vous trouvé?—Nous apprenons des leçons dont nous ne comprenons pas le sens. — Ces gens sont faux; ne vous y fiez pas. — Ils se plaignent eux-mêmes des mêmes choses. — Sont-ce vos amis qui vous ont donné ces mauvais conseils? Rappelez-vous ce que nous vous avons dit, et réfléchissez-y. — Laissez les portes ouvertes et fermez les fenêtres.

142. Que font-ils maintenant les bras croisés? A quoi passent-ils leur temps? Que regardent-ils? Ils regardent les mouches qui volent. Qui vous a dit cela? Ce sont eux qui l'ont dit. — Notre Père qui êtes aux cieux, que votre nom soit sanctifié; que votre règne arrive. — Nous voyons une paille dans les yeux de nos voisins, et nous n'apercevons pas une poutre dans les nôtres. — Savez-vous vos leçons? Nous ne croyons pas que vous les sachiez parfaitement. — Nous ne distingons pas les mots tracés sur le tableau. — Il faudrait que nous écrivissions dimanche; nous n'en aurons pas le temps, car nous devons partir de grand matin.

143. Vous faites trop de bruit avec vos sabots; marchez plus doucement, de manière qu'on ne vous entende pas. — Les aveugles ne voient pas; ils vont avec des bâtons qui leur servent à se guider dans leur chemin. — Voyons si vous savez votre catéchisme. Si vous ne le savez pas, vous ne pourrez pas faire votre première communion. — Irez-vous à Bruxelles cet été? Non; nous voulons aller à Londres. Nous allons mettre nos habits de voyage, et nous partirons par l'un des prochains paquebots; mais avant de nous mettre en route, nous irons faire nos adieux à tous nos amis qui nous souhaiteront un bon voyage. Nous serons de retour dans deux mois.

Accord du participe passé.

[Rectifier l'accord des participes.]

J'ai cherché mes livres et je ne les ai pas trouvés (nᵒ 425).

144. On a *accusé* ma sœur. — Ma sœur que l'on avait *accusé* a été *reconnu* innocente. — Les vers qu'il nous a *lu* sont *rempli* de beautés sublimes. — La dame que vous avez *vu* hier est très-malade. — Mesdames, nous vous avons *attendu* longtemps. — Je regrette bien les cent écus que j'ai *dépensé*.

— J'ai *dépensé* cent écus pour cette fête. — J'ai *payé* des sommes considérables. — Les sommes que j'ai *reçue* je les ai *mis* en caisse. — Quels livres avez-vous *lu?* J'ai *lu* beaucoup d'histoires, mais je les ai *oublié.* — Le cheval et la jument que j'ai *eu* l'année passée sont morts. — Qu'avez-vous *fait* des graines que je vous ai *donné?* Je les ai *semé.* — Ces hommes ont été *mordu* par des chiens que l'on croit *enragé.*

145. Les services que vous m'avez *rendu,* je ne les ai pas *oublié.* — Cette histoire que j'ai *lu* est *rempli* d'erreurs. — Les poires que vous avez *mangé* étaient-elles bonnes? —Combien avez-vous *eu* d'enfants?—Combien d'enfants avez-vous *eu?* — La langue que j'ai le mieux *parlé* c'est la langue française.— J'ai *vu* cette comédie et je l'ai *trouvé* détestable. — La pièce que j'ai *vu* au spectacle. — J'ai *trouvé* des fautes dans votre devoir. — La ville que nous avons *habité* est triste. — Nous avons *habité* une petite ville.— J'ai *eu* des élèves *appliqué.* — Les élèves *appliqué* que j'ai *eu* m'ont *donné* de la satisfaction. —J'ai *appris* cette langue facilement dans les livres que j'ai *lus.*

146. Vous avez *arraché* l'herbe du jardin.—La dent que le dentiste m'a *arraché* était *gâté.* — J'ai *écrit* une longue lettre à mon père. —La lettre que j'ai *écrit* à mon père était *rempli* d'erreurs. — Avez-vous *vu* ma sœur? Oui, je l'ai *vue* avant-hier. —Où sont vos livres? Je les ai *perdus.* —Les vitres de ma chambre sont *cassé.* —Le vent a *cassé* les

vitres de ma chambre. — Les vitres que le vent
a *cassé* dans le corridor ont été *replacé*. — Ma-
demoiselle, avez-vous *entendu* la cloche? Oui, je
l'ai *entendu* ; elle m'a *réveillé* en sursaut. — Ma
fille, je suis sûr qu'on t'a *grondé* ; oui, papa, ma
maîtresse m'a *reproché* mon étourderie. — Gardez-
vous de vendre l'héritage que vous ont *laissé* vos
parents ; un trésor est *caché* dedans.

DIFFICULTÉS DANS L'ORTHOGRAPHE DE CERTAINS VERBES.

Placer, nous plaçons, je plaçai (nᵒ 417).
Manger, nous mangeons, nous mangions (nᵒ 418).

[Mettre au pluriel les phrases qui sont au singulier, et réciproquement]

147. *Plaçons* notre confiance en Dieu. — Le
journal *annonçait* hier un accident affreux. — Les
souris *mangeaient* le blé dans le grenier et *ron-
geaient* les livres dans la bibliothèque. — *Parta-
geons* en frères. — David *lançait* adroitement les
pierres avec la fronde. — Si tu *recommences*, je te
tancerai d'importance. — Nous *logions* à l'hôtel de
l'Europe. — Je voudrais que vous *corrigeassiez* ces
fautes, et que vous *rangeassiez* vos cahiers. — Il
faut que vous vous *purgiez* au printemps. — *Mé-
nageons* nos ressources ; car si nous ne les *ména-
gions* pas, nous serions bientôt sans moyens
d'existence. — *Efforce*-toi d'apprendre ta leçon. —
Il faudrait que tu *t'efforçasses* de contenter tes
maîtres. — Je *songeais* à vous, madame, quand
vous êtes entrée.

Je louerai ; je saluerai ; je prierai (n° 112).

148. Nous *distribuerons* des vivres aux pauvres cet hiver. — Pourquoi ne *continues*-tu pas le livre que tu as commencé? — Nous vous *louerons* si vous le méritez. — Les cordons de tes souliers se *dénouent ; renoue*-les donc. — Otez les pierres qui *obstruent* le passage. — Cet enfant ne *discontinue* pas de bavarder. — Georges *avouera*-t-il sa faute? je le crois ; mais je crois aussi qu'il *continuera* ses étourderies.— *Continue* à t'appliquer si tu veux que nous te *louions.*— Je *reclouerais* cette planche si elle se déclouait. — Nous *secouerons* le tapis. — Nous *secourons* les pauvres. — Son embonpoint *diminue* chaque jour.

149. Tu *éternuerais* si tu prenais du tabac.— Il s'*attribue* le mérite de ce travail — Hier nous *jouions* à la main chaude; aujourd'hui à quoi *jouerons*-nous? — Une lumière trop vive *contribue* à affaiblir la vue.— Si tu *remues* la cendre tu trouveras du feu.— Je vous *salue*, Marie.— Le tribunal lui *allouera* une indemnité.—Vous ne *distribuerez* pas tout cet argent aux mêmes personnes. — Mon enfant, tu *salueras* en entrant.—Si vous *continuiez* vos folles dépenses, vos ressources *diminueraient* bientôt. — Il *remue* ciel et terre pour trouver un emploi. — Les polissons *huent* souvent les malheureux dans la rue.—Je *parierais* cent contre un que vous ne *remuerez* pas cette pierre.

150. On *attribue* aux sorciers le don de connaître l'avenir. — Si vous *louiez* sa conduite, vous seriez vous-même blâmable. — Je vous *avouerai* ma négligence.—La pluie ne *discontinue* pas ; il est probable qu'elle ne *discontinuera* pas de toute la journée.—On dit à quelqu'un qui *éternue* : Dieu vous bénisse. — Autrefois on rouait les criminels ; aujourd'hui on ne les *roue* plus.— Si vous m'*attribuiez* des paroles inconvenantes, je les *désavouerais*. — Vous *étudierez* les langues étrangères. — Le roseau *plie* et ne rompt pas. — Je *prierai* Dieu matin et soir. — Nous *scierons* nous-mêmes le bois que j'ai acheté.

Je perdrai, je perdrais (nᵒ 413).

151. Nous *entendrons* la messe dimanche. — Le tribunal *rendra* son arrêt demain. — Si tu joues, tu *perdras* ton argent. —Vous *entendrez* la romance que ma sœur chantera. — On *tondra* les moutons pour avoir leur laine. — On *fondra* une cloche pour la nouvelle église que l'on *fondera*. — Vous *prendrez* garde aux ornières.— Nous *descendrons* le vin à la cave, et nous *monterons* le bois au grenier. — Dieu *répandra* ses grâces sur les hommes de bien. — Combien me *vendrez*-vous ce chapeau? Je vous le *vendrai* au prix coûtant. — J'*attendrai* votre loisir. — On *pendra* le voleur quand on l'aura pris. — Ce chien me *mordra*-t-il ?

Vous priez aujourd'hui ; vous priiez hier (nᵒ 414).

152. Que faites-vous? Nous *étudions* nos leçons. — Que faisiez-vous hier ? Nous *étudiions* nos leçons — Tout à l'heure vous *contrariiez* votre petit frère; le *contrarierez*-vous toujours?— Monsieur, vous *oubliez* votre parapluie. Je vous *remercie*, madame; une autre fois je ne l'*oublierai* pas. — Il faut que vous *oubliiez* les torts de cet homme.— Si vous *priez* Dieu, il vous exaucera.— Si vous *priiez* Dieu il vous exaucerait.— Hier vous *niiez* votre faute; la *nierez*-vous encore aujourd'hui? si vous la *niez* toujours on ne vous croira plus. — Il faut que nous *remerciions* nos bons parents de leurs soins. — Nous *remercions* ceux qui nous obligent. — Si vous *vérifiiez* ces comptes vous les trouveriez inexacts.—*Vérifiez* ces comptes pour voir s'ils sont justes.

153. Si nous *étudions* nos leçons nous les saurons. Si nous *étudiions* nos leçons nous les saurions. — Je ne veux pas que vous *balbutiiez* en récitant. — Nous *certifions* ce qui est exact; si nous ne le *certifiions* pas vous ne le croiriez pas. — Pierre, il faut que vous *sciiez* ce bois avant de le descendre à la cave. — *Oubliez*-vous sitôt les services qu'on vous a rendus? — Ne m'*oubliez* pas, je vous prie. Si vous m'*oubliiez*, je vous oublierais aussi. — Ne *confiez* vos secrets à personne.— Je suis charmé que vous me *confiiez* l'éducation de votre fils.— Il faut que nous *expédiions* ces marchandises demain; si nous ne les *expédiions* pas on ne nous les *paierait* pas; mais si nous les *expédions* exactement on nous fera d'autres commandes.

Nous essayons; il faut que nous essayions (nᵒ 115).
Essayer; j'essaie; j'essaierai (nᵒ 116).

154. Tu *essaies* en vain de me fléchir. — Nous *emploierons* la sévérité s'il le faut. — Prenez garde, mes filles, *côtoyez* moins le bord : disait la carpe à ses carpillons. — Il faut que la domestique *balaie* l'escalier ; il faudrait aussi qu'elle *balayât* la cour et qu'elle *nettoyât* la cuisine. — Vous ne *voyez* pas qu'ils s'*égaient* à vos dépens, et qu'ils *essaieront* de vous tourner en ridicule. — Tu *appuies* trop sur la dernière syllabe ; *appuie* moins et tu liras mieux. — La diligence *relaiera* au prochain village ; si nous n'y *relayions* pas, les chevaux seraient trop fatigués. — Si nous *payions* nos dettes nous ne serions pas tourmentés par nos créanciers. — Nous *tutoyons* nos amis, mais le respect veut que nous ne *tutoyions* pas nos supérieurs ; les quakers *tutoient* tout le monde.

Semer, je sème ; révéler, je révèle (nᵒ 120).

Mettre les accents convenables.

155. Vous *repetez* toujours la même chose. — Il faudrait que tu *repetasses* ta fable demain. — J'*espere* en Dieu par les mérites de Jésus-Christ. — Nous *esperons* volontiers ce que nous désirons. — J'*espererais* si j'avais du bonheur. — J'*esperais* que tu ne t'ennuierais pas. — Je chante ce héros qui *regna* sur la France. — Qui *regnera* en France ? — Les ennemis *penetrerent* dans la citadelle par la brèche ; ils *penetreront* bientôt dans la ville. — Je

voudrais que vous *allegassiez* de bonnes raisons.
— Tu *allegues* de mauvais prétextes. — L'article
precede toujours le substantif. — Un détachement
de troupes *precedait* le convoi funèbre. — Croyez-
vous que le roi *accedera* à ma demande? Pourquoi
n'y *accederait*-il pas? Il a bien *accede* à d'autres.
— Combien *peses*-tu? Je crois que je *pese* soixante
kilogrammes; l'année passée je n'en *pesais* que
cinquante, et si je continue à engraisser j'en *pese-*
rai bientôt quatre-vingts.

Épeler, j'épelle; jeter, je jette.

[Mettre les verbes suivants à un temps et à une personne déterminés.]

156. Amonceler des pierres. Appeler au se-
cours. Atteler les chevaux. Bourreler la conscience
du méchant. Carreler sa chambre. Chanceler de
faiblesse. Ciseler une pièce d'orfévrerie. Congeler
de l'eau. Déceler son secret. Dételer le bœuf de
la charrue. Épeler des syllabes. Morceler son héritage. Peler des pommes de terre. Renouveler
sa recommandation.

Acheter des bijoux. Becqueter un fruit. Ca-
cheter un paquet. Crocheter une serrure. Déchi-
queter un poulet. Dépaqueter ce ballot. Empa-
queter des livres. Épousseter les meubles. Éti-
queter les bouteilles. Feuilleter ce livre. Fureter
dans l'armoire. Interjeter appel de ce jugement.
Jeter quelqu'un par terre. Parqueter cet appartement. Rapiéceter ses bas. Tacheter sa robe.

CONSONNANCES HOMONYMIQUES.

J'ai CHANTÉ. *Je veux* CHANTER (n° 110).
Vous PARLEZ. *Je veux vous* PARLER (n° 111).

157. Je me suis *contenté* de l'*exhorter* à *travailler.*—Il faut toujours s'*occuper*; celui qui n'est pas *occupé* ne tarde pas à s'*ennuyer.* — Il ne faut pas *crier* si fort. Pourquoi as-tu *troublé* mon repos? Je n'ai pas eu l'intention de vous *troubler* ni de vous *déranger.* — Vous vous *étonnez* des progrès de cet enfant; il ne faut pas vous en *étonner*; il a *travaillé* toute l'année avec un zèle soutenu. — Le combat a *cessé* faute de combattants. — *Cessez* ces jeux; vous pourriez vous *blesser.* — Vous avez *blessé* votre camarade en jouant. — Vous *blessez* mon amour-propre offensé. — Dieu nous dit : *aimez* votre prochain comme vous-mêmes.

158. Mes enfants, il faut vous *aimer* comme des frères, et vous *aider* dans le besoin. — Je veux vous *corriger.* Avez-vous *corrigé* vos fautes? Non; je vais les *corriger.* — Faites *apporter* vos effets par le commissionnaire. — Marianne, que *portez*-vous dans ce panier? Ce sont des œufs que j'ai *apportés* de la ville et qui se sont *cassés* en route, parce que je me suis *heurtée* contre une pierre qui m'a fait *tomber* dans un fossé d'où je n'ai pu me *relever.* — La peste a *ravagé* cette belle contrée. — Je suis *habitué* à prendre du café tous les matins; mais je veux m'en *déshabituer.* — *Accordez* votre confiance à ceux qui la méritent. — Il veut vous *ac-*

corder votre grâce; mais il faut la *demander*. — J'ai tout *acheté* ce qu'il a voulu. — Il faut tout *acheter* ce que nous trouverons.

159. Nous devons *soulager* les pauvres, les *protéger* et les *consoler*. —Vous vous *parlez* à l'oreille. Venez ici, je veux vous *parler*. Vous vous *taisez*; *regardez*-moi, petit mauvais sujet. Voulez-vous bien me *regarder*. — Ne me *demandez* rien, je ne peux rien vous *donner*. Je ne veux rien vous *demander*; si j'ai *demandé* quelque chose, ce n'est pas à vous. — Il se dérange pour vous *laisser passer*. — Vous *laissez passer* la pluie avant d'*aller* vous *promener*. — C'est cela, *amusez*-vous, mes enfants; il faut vous *amuser* et ensuite bien *travailler* pour *mériter* les éloges de vos maîtres. — Il me vient une idée; c'est de vous *embrasser*. Eh bien! *embrassez*-moi si vous voulez.

CE *livre*. Il SE *livre*. C'EST *vrai*. Il S'EST *trompé*.

160. *Ce* garçon est docile; il *se* rend à la raison. — *C'est* vous qui dites qu'elle *s'est* donné la peine de cueillir *ces* beaux fruits. — La terre est une sphère; *c'est*-à-dire qu'elle a la forme d'une boule. — Est-*ce* vous qui parlez? Oui, *c'est* moi; mais *ce* n'est pas moi qui chante. — L'enfant *s'est* endormi sur les genoux de sa mère; il ne *s'est* réveillé que *ce* matin. — Les chiens et les chats *se* battent quelquefois quand ils *se* rencontrent. — *C'est* une personne si ridicule qu'elle *s'est* fait moquer d'elle. — Quel jour est-*ce* aujourd'hui? *C'est* samedi, et demain *ce* sera dimanche.

161. On dit qu'elle *s'est* trouvée mal; je ne crois pas que *ce* soit vrai; elle *se* sera trouvée indisposée. — *Ce* pompier *s'est* tué dans l'incendie qui a eu lieu *cet* hiver. — On *se* rappelle avec plaisir *ce* qu'on a fait de bien. — *Ce* courageux matelot *s'est* jeté à l'eau pour sauver *cet* enfant qui *se* noyait. — Joseph *s'est* dit malade *ce* matin pour ne pas *se* rendre en classe; *c'est* très-mal de sa part, je ne l'aurais pas cru capable de *ce* subterfuge. Pourquoi *s'est*-il sauvé? *C'est* parce qu'il *se* sentait coupable. — La Fontaine a fait une fable sur le geai qui *se* pare des plumes du paon et qui *se* croit aussi beau que lui; *ce* geai ressemble aux gens qui *se* font un mérite de *ce* qu'ils n'ont pas fait eux-mêmes.

Leurs *chevaux*. Je leur *ai parlé*.

[Rectifier l'orthographe de *leur* s'il y a lieu]

162. *Leur* maison a été brûlée cette nuit. — *Leur* maisons ont été brûlées. — J'ai vu *leur* travail. — J'ai examiné *leur* travaux. — Je *leur* ai avoué ma faute. — Ils *leur* ont dit de partir. — Je *leur* avais bien dit que cela *leur* arriverait; *leur* fautes sont si nombreuses qu'on a été obligé de *leur* donner la dernière place. — Il faut *leur* dire *leur* vérités. — Je *leur* ai des obligations et je *leur* en sais un gré infini. — *Leur* enfants *leur* ont causé beaucoup de chagrins. — Les animaux méconnaissent *leur* petits lorsque ceux-ci n'ont plus besoin de *leur* soins. — Les impertinences qu'ils *leur* ont répondues prouvent *leur* manque d'éducation. — Si nous avons des défauts, ils ont aussi les *leur*.

4.

163. Lorsque vous les verrez vous *leur* ferez mes compliments, et vous *leur* direz que je *leur* conserve une éternelle reconnaissance de toutes *leur* complaisances pour moi; dites-*leur* aussi que je suivrai ponctuellement *leur* avis. — Pardonnez-*leur leur* fautes. Quoiqu'elles soient bien graves je les *leur* pardonne. — Ce ne sont pas mes affaires, ce sont les *leur*. — C'est votre bonté qui *leur* donne cette hardiesse. — Tes cheveux sont noirs, les siens sont blonds et les *leur* sont châtains. — Ces gamins crient après les passants; entendez-les *leur* dire des sottises. Si vous ne *leur* dites pas de se taire *leur* cris ne cesseront pas.

Notre père. C'est le nôtre (154).

[Mettre l'accent sur *nôtre* et *vôtre* s'il y a lieu.]

164. *Votre* ville est petite; la *notre* a dix mille habitants. — Mes livres sont brochés; les *votres* sont reliés. — Nous avons gagné *notre* procès, le *votre* est perdu. — Leur père est avocat, le *notre* est militaire. — Les jardins des Tuileries, du Luxembourg et de Versailles ont été faits par *Le Notre*, célèbre jardinier sous Louis XIV.—Mon devoir est fini; le *votre* n'est pas commencé. — J'ai trouvé un mouchoir; je crois que c'est le *votre*. — Votre cheval est à l'écurie et le *notre* est dans la prairie. — Vous vous occupez de vos affaires; mais vous négligez les *notres*.

Dont, donc. Quand, quant.

165. La chose *dont* vous parlez est sûre. — Allez *donc* vous coucher. — Je lirai avec attention

le livre *dont* vous m'avez fait cadeau. — Écoutez
donc ce *dont* nous parlons. — Cet homme *dont* tu
me vantes l'esprit est *donc* bien savant. C'est ce
dont je doute fort.—Levez-vous *donc*, paresseuse.
— La femme *dont* le mari est mort est-elle *donc*
aussi malheureuse qu'on le dit? Est-il *donc* vrai
qu'elle soit réduite à la mendicité?

Quand viendrez-vous? J'irai *quand* je pourrai.
— Vous viendrez *quand* il vous plaira; mais *quant*
à toi, il faut venir tout de suite. *Quant* à Fanny
elle partira *quand* elle sera prête. — J'aime les
enfants *quand* ils dorment.—On punit les écoliers
quand ils sont indociles; mais *quant* à ceux qui
sont sages, on les récompense *quand* ils le méritent.

MA *fille. Il* M'A *parlé.* TU M'AS *vu.* TA *fille. Il* T'A *vu.*

166. Il *m'a* accordé *ma* grâce. — Je crois que
tu *m'as* trompé. — Charles *m'a* récité sa leçon. —
Ma montre est tombée. — Mon fils *m'a* consolé
dans *ma* douleur.— *Ma* mère est malade; elle *m'a*
dit d'aller chercher le médecin. — L'histoire que
tu *m'as* racontée est incroyable. — Il ne *m'a* jamais
dit du mal de vous. — Le coup que tu *m'as* donné
m'a fait beaucoup de mal. — L'expérience *m'a* rendue prudente.— Sa physionomie ouverte *m'a* plu
à *ma* première visite. — *Ma* maladie *m'a* fait dé-
penser tout l'argent que tu *m'as* envoyé. — *Ta*
sœur *t'a* écrit. — *Ta* lettre est mal écrite. — Ton
confesseur *t'a* prescrit une pénitence. Que *t'a*-t-il
dit à l'oreille?

Tes enfants. Tu T'ES *trompé. Cela* T'EST *dû. Je* T'AI *répondu.*
Que je T'AIE ; *qu'il* T'AIT ; *qu'ils* T'AIENT.

167. *T'*es-tu fait bien mal? — M'as-tu parlé?
Non ; je ne *t'ai* pas dit un seul mot. — *Tes* parents
sont à la Guadeloupe ; tu *t'es* trompé en les croyant
à la Martinique. — Il *t'est* arrivé un grand malheur.
— *T'*est-il jamais arrivé de mentir? — Je *t'ai* donné
à étudier *tes* leçons. — Ton oncle t'a-t-il donné *tes*
étrennes? — *T'*es-tu douté de ce que je *t'ai* dit? —
Il faut qu'il *t'ait* bien chagriné. — Il faut que je
t'aie fait bien mal. — Je crois que je *t'ai* fait bien
mal. — Il n'est pas possible que je *t'aie* dit une telle
absurdité. — Serait-il vrai qu'on *t'ait* attrapé? —
La peine que tu *t'es* donnée est inutile. — Il se peut
que je *t'aie* dit cela. — Je ne crois pas que tes cou-
sins *t'aient* jamais parlé de *tes* parents quand tu
t'es rencontré avec eux.

La rose. *Il* L'A *vu. Tu* L'AS *vu. Il est là.* Les *roses. Je* L'AI
vu. Que je L'AIE. *Que tu* L'AIES.

168. Je *l'ai* entendu crier quand le chien *l'a*
mordu. — J'ai perdu mon dé ; *l'as*-tu vu? Il se
peut que quelqu'un *l'ait* trouvé. Tiens, le voici, il
était *là* dans *la* corbeille. — Ta leçon est facile? *la*
comprends-tu? Non ; mon maître me *l'a* donnée
trop longue. — Ce voleur est jugé ; on *l'a* condamné
à *la* prison ; il est *là* couché sur la paille ; il *l'a* bien
mérité. — Mon devoir est long, il faut que je
l'aie fini à midi précis. — Quoiqu'on *l'ait* prié de
venir de bonne heure il n'arrive pas. — Où est mon
aiguille? quelqu'un *l'a*-t-il trouvée? Je ne crois pas

que ces dames *l'aient* trouvée. Il se peut que tu *l'aies* laissée tomber par terre.— Tu as été voir *la* pauvre malade ; comment *l'as*-tu trouvée? Je *l'ai* trouvée mieux. — On avait mis cette épitaphe sur la tombe d'un ivrogne : L'ami *l'a* mis *là*.

Mes amis. Tu m'es rendu. Il m'est arrivé. Que tu m'aies ; qu'il m'ait ; qu'ils m'aient.

169. Le livre qui *m'est* tombé sous la main m'a intéressé, *mais* je l'avais déjà lu. — Il *m'est* arrivé une histoire surprenante.— Quoique le mal qui *m'est* survenu au bout du doigt *m'ait* fait souffrir, je l'ai supporté avec patience. — Il *m'est* pénible de vous raconter *mes* malheurs.— Fils dénaturé! va-t'en de ma présence ; tu *m'es* odieux. — Grâce soit rendue au ciel! mon fils *m'est* rendu. — Grâce au ciel! mon fils tu *m'es* rendu.—Quoique tu *m'aies* assuré que ce soit la vérité, j'ai de la peine à le croire. —Quoique *mes* amis *m'aient* écrit, je ne leur répondrai pas. — Ciel! tu *m'es* témoin de mon innocence.

On chante. Ils ont chanté.

170. Les fats *ont* de la vanité et l'*on* se moque d'eux parce qu'*on* rit toujours des sots. — *On* ne croit plus aux revenants. — *On* dit qu'ils *ont* de l'instruction, et que les études qu'ils *ont* faites *ont* meublé leur esprit de connaissances utiles. — *On* travaille pour se faire un état. — Les gens qui *ont* reçu une bonne éducation *ont* de bonnes manières. — *On* se plaît dans la société des gens qui *ont* de l'instruction. — *On* doit de la reconnaissance à ceux qui nous *ont* rendu service. — *On* plaint les malheureux qu'*ont* accablés les privations; il faut qu'*on* les soulage quand *on* le peut.

Mon *fils*. *Ils* m'ont *répondu*.
Ton *chien*. *Ils* t'ont *battu*. *A-t-on parlé ?*

171. Ils *m'ont* rendu *mon* cheval. — *Ton* père et *ton* frère *t'ont* écrit plusieurs lettres auxquelles tu n'as pas répondu.—*Mon* désir est de les remercier des services qu'ils *m'ont* rendus. — Je leur sais mauvais gré du mensonge qu'ils *m'ont* fait.— Ils *m'ont* trompé d'une manière indigne. — Tes maîtres *t'ont* blâmé de *ton* manque d'application. — Lui a-*t-on* dit de se taire? — T'a-*t-on* dit de venir?—L'a-*t-on* averti? — Madame, vous a-*t-on* prévenue qu'ils *m'ont* cru de retour de *mon* voyage au *mont* Saint-Bernard? — Les envieux *t'ont* décrié.— On m'a dit que des voleurs *t'ont* poursuivi jusqu'à *ton* domicile. — Va-*t-on* bientôt partir?

N'es ; n'est ; n'ai ; n'aie ; n'aies ; n'aient.
Ni ; n'y.

172. Il *n'y* a *ni* sel *ni* poivre dans la salade. — Tu *n'es* pas malade pour jouer.—Je *n'ai ni* encre, *ni* plume.—Quoique je *n'aie ni* fortune, *ni* ambition, je *n'ai* pas de chagrins.— Il *n'y* faut plus penser. — Je *n'y* vois pas à dix pas.— Il faut que tu *n'aies* pas de sang dans les veines pour subir un tel affront. — C'est le seul qui *n'ait* rien donné. — Il est faux que ces messieurs *n'aient* rien dit. — Il *n'y* a qu'un sot qui puisse parler ainsi. — Il *n'est* que six heures.— Il *nie* qu'il *n'y* ait eu que lui de coupable. *Ni* lui *ni* moi *n'y* étions pour le savoir.

On a. On n'a pas.

173. *On* aime les enfants dociles ; *on n'*aime pas les maussades. — *On* adore Dieu et l'*on* honore les saints.— *On n'*accordera pas cette faveur.— *On n'*a que ce que l'on mérite.—*On n'*aime que les bonnes choses. — *On* évite les indiscrets. —*On n'*évite que ce que l'on craint. — *On* ira à la campagne. Non, *on n'*ira pas ; *on* est trop occupé. — *On* estime votre travail à sa juste valeur. — *On n'*estime pas votre travail à sa valeur.— *On* estime une personne honnête — *On n'*estime que les honnêtes gens. — *On n'*estime personne sans motifs.— *On* éclaire les rues au gaz. — *On n'*éclaire pas les rues avec des chandelles. — *On* illumine les maisons dans les grandes fêtes publiques.— *On n'*illumine les maisons que dans les grandes fêtes.

174. *On* ouvre la porte si l'on frappe. *On n'*ouvre pas aux importuns. — *On n'*ouvre la porte que le matin.—*On* éprouve du chagrin à la mort de ses parents.— *On n'*éprouve ici que de l'ennui.— *On* obéit à ses supérieurs. — *On n'*obéit pas toujours assez vite. — *On n'*adore que Dieu.— *On n'*était guère instruit dans les siècles passés.— *On* attend encore une personne. — *On n'*attend plus personne. — *On n'*attendait plus que vous pour se mettre à table.— *On n'*attend plus rien.— *On* était tranquille.— *On n'*était même pas tranquille pen-

dant une heure. — Dans la colère *on n*'est pas toujours maître de soi.

Quel ; quels ; quelle ; quelle ; qu'elle ; qu'elles.

175. *Quel* livre lisez-vous? A *quels* journaux
êtes-vous abonné? — De *quelle* affaire parlez-vous?
— Je veux *qu'elle* parte tout de suite. — Il faut *qu'elle*
finisse son ouvrage. — Je veux *qu'elles* finissent
leur ouvrage. — A *quelle* personne parles-tu? —
Ta sœur est arrivée; crois-tu *qu'elle* reparte bientôt?
Je pense *qu'elle* restera ici quelque temps. — Est-il
utile *qu'elle* finisse ce *qu'elle* a commencé? —
Quelles fautes avez-vous faites? — Sur *quelle* règle
ferons-nous la dictée? — Elles ne savent ce *qu'elles*
disent. — *Quel* admirable spectacle que le lever
du soleil. — *Quelle* heure est-il? — *Quel* temps
fait-il? — Je crois *qu'elle* pleure pour avoir ce
qu'elle veut. — Dans *quel* pays êtes-vous né?

EMPLOI DES ACCENTS (429 A 435).

[Mettre les accents s'il y a lieu.]

176. Quel est le maître du ciel et de la terre? —
Il faut mettre un metre de tulle a ce bonnet. — La
lumiere du soleil. — Ils ont ete examines mercredi
dernier. — Du papier regle avec une regle fin . —
Il n'y a guere de contrees qui n'aient ete ravagees
par la guerre. — La vertu est aimee et estimee. —
En Grece on parle la langue grecque moderne. —
Il ne faut pas jeter le manche apres la cognee. —
Les gamins jetent (ou jettent) des pierres. Qu'ils
prennent garde a eux ! — Apres diner on prendra

le cafe. — Versez l'eau sur le the dans la theiere.
— Cette foret n'est pas sure. — Les peches qui
croissent le long du mur ne sont pas mures.— Les
vers-a-soie mangent les feuilles du murier blanc;
ils n'en mangent pas les mures. — Je vous ai cru
sur parole.—Le vin du cru n'est pas toujours d'un
gout exquis.

177. Le terme du loyer du par la fermiere.
— La mauvaise herbe croit vite. — Je vous crois
quand vous dites que vous fites une chute de voiture ou vous manquâtes de vous casser la tete. —
Nous nous leverons de bon matin.— Le matin qui
garde la cour du fermier s'est tu a notre approche.
—Tu t'es tu sur l'accident qui t'est arrive. — Qui
est la? c'est la portiere qui deblatere sur le compte
de la laitiere. — La patte du chat est armee de
griffes. —La pate avec laquelle nous fimes des ga-
teaux.— Au mois d'aout la moisson doit etre faite.
— Napoleon est arrive au faite de la renommee. —
Je voudrais qu'il travaillat mieux, qu'il parlat
moins, qu'il dit moins de betises et qu'il fit plus
attention a ce qu'on lui dit.

178. Saint Louis allait souvent s'asseoir sous un
chene dans la foret de Vincennes ou il se plaisait
a ecouter les plaintes de ses sujets.— La terre a
ete creee en six jours; Dieu dit : que la lumiere
soit et la lumiere fut. — Je voudrais qu'elle fut
bientot arrivee et qu'elle ne partit pas trop tot. —
Elle accedera, j'espere, a ma priere.— Nous fimes
naufrage sur la cote de la Nouvelle-Guinee. O dou-

leur! o desespoir! qui eut cru, quand nous par-
times de Paris, que nous serions sitot reduits à la
cruelle alternative de mourir de faim ou d'etre
manges par les sauvages de cette contree? — Le
controleur etablira la cote de votre contribution
mobiliere.

EMPLOI DE L'APOSTROPHE (436 A 441).

(Mettre les apostrophes.)

179. Une lame de couteau.—il a lame corrom-
pue.—Je lirai voir.—Je lirai ce livre. — Ma leçon,
je lapprends. —Ma plume, je la prends. —Lorsque
on travaille on sinstruit.—Ces femmes se disputent
entre elles.— Pendant lentracte, il y a eu une dispute entre elle et lui.— LItalie est une presque île.
— Quoi quil fasse pour lavoir il ne laura pas. —
Portez cela au lavoir. — Sil pleut nous nirons pas
à léglise entendre la grand messe avec ma grand
mère. — Nous avons entendu une grande messe,
quoique ce ne fut pas la grand messe. — Mon
grand père est parti avec mon grand oncle.—Vous
ne faites pas grand chose.—C'est une grande chose
que vous entreprenez là.

180. Entre amis on doit sentraider. — Pandore
na fait quentrouvrir la boite quon lavait chargée de
remettre à Prométhée. — Cette poupée, cest sans
doute quelque enfant qui la perdue sans sen douter,
et qui la cherche à lheure quil est. —Cest presque
une folie de sengager dans laffaire dont Georges
ma parlé; sil veut la faire lui-même, quil la fasse;
il la connaît, il la étudiée, il lamènera peut-être à

bonne fin. — Le oui et le non sont lopposé lun de lautre. — Il a louie fine. — On regarde louie des poissons pour sassurer sils sont frais. — De onze quils étaient il nen reste plus que huit. Je vous dis quil ny en a quun. Quand je vous dis que oui.

LETTRES EUPHONIQUES ET TRAITS D'UNION (442 A 450).

Mettre les lettres euphoniques et les traits-d'union.

181. Qu'en dit il? Qu'en dira il? — Quand vient il? Quand viendra il? — Cet homme mange il beaucoup? Ces hommes mangent ils beaucoup? — D'ici on n'entend rien et on ne voit rien; si on pouvait mieux voir en changant de place. — Si on le lui dit, se fâchera il? — Ce enfant travaille il un peu? A il du goût pour l'étude? Fait il des progrès? Se lève il de bonne heure? On dit que si on ne le punit pas il ne fera rien. — Va te coucher, va y vite. — Y a il du feu? Va en chercher. — Si tu n'as pas de place cherche en dans ce endroit. — Va il bientôt venir? — Que fais tu ici? Va t'en. — Nous logions à l'hôtel, mais nous n'y logons plus; nous mangions à quatre heures; maintenant nous mangons à midi précis, partageant ainsi notre journée en deux. — En quelle année Louis XIV monta il sur le trône? En quelle année mourut il? Quel événement arriva il en mil huit cent trente?

TROISIÈME PARTIE.

DICTÉES COURANTES.

LA VÉRITABLE AFFECTION.

182. Si quelqu'un vous disait : *Je vous aime de tout mon cœur*, tout en faisant précisément ce qu'il sait devoir vous faire de la peine, pourriez-vous croire à la sincérité de son amitié? Non, certes. Or, n'en est-il pas de même d'un enfant qui prodigue à ses parents des caresses et de belles paroles d'affection, et ne fait rien néanmoins pour leur faire plaisir? Un tel enfant ment quand il dit qu'il aime ses parents ; car quiconque connaît sa conduite ne peut voir en lui qu'un hypocrite. C'est aux soins qu'il apporte à les satisfaire par son assiduité au travail, par son bon caractère, par la crainte qu'il a de leur déplaire, qu'on reconnaît son véritable attachement pour eux.

LES BONS ET LES MAUVAIS ÉLÈVES.

183. Pourquoi les parents mettent-ils leurs enfants en pension ? *Réponse* : Pour qu'on les instruise et qu'on les corrige de leurs défauts. — Comment les enfants peuvent-t'ils s'instruire et se corriger de leurs défauts? *Rép.* En travaillant assidûment, et en suivant les avis qui leur sont *donnés*. — Qu'arriverait-il si les maîtres, par une faiblesse

mal entendue, toléraient la paresse, la négligence
et les défauts de leurs élèves? *Rép.* Ils trompe-
raient la confiance des parents ; les enfants ne
feraient aucuns progrès et deviendraient de mauvais
sujets. — A l'égard de qui est-on obligé de se
montrer sévère? *Rép.* A l'égard des mauvais élèves
et des paresseux.

184. Quels sont les élèves qui se plaignent de
la sévérité de leurs maîtres? *Rép.* Ceux qui méritent
des reproches c'est-à-dire les mauvais élèves, attendu
qu'on n'est jamais dans le cas de se montrer sévère à l'égard des bons. — Que doit-on penser d'un
élève qui se plaint de la sévérité de ses maîtres?
Rép. Qu'il mérite souvent des reproches, et que
par conséquent c'est un mauvais élève. — Quels
maîtres sont préférés par les mauvais élèves?
Rép. Ceux qui leur laissent faire leurs volontés, qui
aissent introduire le désordre dans la classe et ne
les font pas travailler.

JACQUES AMYOT.

185. Jacques Amyot est une preuve de ce que
peuvent le zèle et le courage. Combien d'enfants
dans nos écoles et dans nos institutions se re-
butent à la moindre difficulté! Combien n'y en a-
t-il pas qui, non-seulement ne profitent pas des oc-
casions qu'ils ont de s'instruire, mais qui regardent
avec dégoût des occupations d'où doit cependant
dépendre le bonheur de leur vie! Qu'auraient-ils
donc *fait* s'ils avaient *éprouvé* les obstacles que

tant de savants ont *eu* à surmonter dans leur jeunesse ; et combien ces mêmes savants auraient été heureux s'ils avaient *eu* autant de facilités qu'en ont les jeunes gens de nos jours pour s'instruire ! Combien ils auraient profité avec avidité des leçons qui leur sont *données* avec tant de soin !

186. Jacques Amyot naquit à Melun en 1513. Il avait le plus grand désir de s'instruire, mais la pauvreté de ses parents lui en ôtait les moyens. Il vint à Paris pour y servir comme domestique, espérant y trouver quelque occasion favorable de satisfaire son goût dominant pour l'étude. Il se mit commissionnaire à la porte d'un collége, et là il lisait avidement les livres qu'on voulait bien lui prêter. Une dame, *charmée* de son désir de s'instruire, le chargea de conduire ses enfants au collége ; c'est alors seulement qu'il put se livrer à ses occupations *favorites*. Il laissa bientôt ses condisciples loin de lui ; bien jeune encore, il se mit au rang des premiers savants de son siècle, et plus tard il devint évêque d'Auxerre. François I le protégea particulièrement, et Henri II le fit précepteur des enfants de France. Sans son courage et sa persévérance serait-il sorti de la misère où il était *plongé* ?

DIVISION DU TEMPS.

187. Une année est le temps que la terre met à tourner autour du soleil ; cent années font un siècle ; l'année dure trois cent-soixante-cinq jours et six heures, mais on ne la compte que de trois cent soixante-cinq jours, seulement; les six heures que l'on néglige font au bout de quatre ans vingt-quatre heures ou un jour de plus; de sorte que tous les quatre ans l'année a trois cent soixante-six jours; c'est ce qu'on appelle *année bissextile.*

L'année est divisée en douze mois dont les uns ont trente et les autres trente et un jours; le seul mois de février n'en a que vingt-huit, et vingt-neuf dans les années bissextiles.

Une semaine est l'espace de sept jours, ce qui fait cinquante-deux semaines dans l'année, et par mois quatre semaines et quelques jours. Le jour se divise en vingt-quatre heures, l'heure en soixante minutes, 1 minute en soixante secondes, et la seconde en soixante tierces.

Enfin l'année est encore partagée en quatre saisons, chacune de trois mois; ce sont : Le printemps qui commence le 21 mars et finit le 21 juin ; l'été, du 21 juin au 22 septembre ; l'automne, du 22 septembre au 21 décembre; et l'hiver, du 22 décembre au 21 mars.

LES QUATRE SAISONS.

188. JULES. Maman, voilà le jour de l'an passé; dans combien de temps reviendra-t-il ? — LA MÈRE. Mon cher ami, il reviendra dans un an. — JULES. Il y a donc un an d'un jour de l'an à l'autre? Oh ! qu'un an est long! — LA MÈRE. Quand tu seras plus grand, tu ne trouveras pas l'année si longue. — JULES. Pourquoi cela maman ? — LA MÈRE. Parce que, lorsqu'on est grand, on a des affaires, des occupations, et l'on ne pense pas au temps qui s'écoule. Quand tu iras à l'école, tu le trouveras déjà moins long. Mais, dis-moi, sais-tu dans quelle saison nous sommes? — JULES. Nous sommes en hiver; il neige et il gèle; on ne peut sortir sans être bien enveloppé dans des fourrures, sans avoir plusieurs habits sur soi. Je n'aimerais pas l'hiver si ce n'était pas la saison des étrennes.

189. LA MÈRE. Ainsi tu n'aimes l'hiver que parce que tu y trouves un agrément. Je suis sûre que si tu étais plus *instruit* tu ne parlerais pas ainsi ; car l'hiver est très-salutaire ; il purifie l'air, le rend plus sain et guérit beaucoup de maladies qui seraient *entretenues* par des chaleurs continuelles. Ensuite la pluie et la neige fertilisent la terre. — JULES. Mais, maman, je vous ai *entendue* dire que dans certains pays il n'y a jamais d'hiver; j'aimerais cependant bien vivre dans ces pays-là. — LA MÈRE. Cela est vrai ; mais aussi ils ont des inconvénients que nous n'avons pas. D'abord ils ont une foule d'insectes, de reptiles et d'autres animaux dangereux qui ne pourraient pas vivre dans nos climats à cause de l'hiver; ils sont aussi *exposés* à des maladies, comme la peste, qui sont *entretenues* par la chaleur et qui sont très-rares chez nous. Ainsi tu vois que nous avons beaucoup d'obligations à cet hiver que tu n'aimes pas.

190. JULES. Je n'aime pas l'hiver, c'est vrai ; mais à présent que je sais combien il est utile, je

serais bien *fâché* qu'il n'y en eût point. — LA
MÈRE. Te rappelles-tu ce que nous faisions l'année
passée après l'hiver? — JULES. Oh! j'allais travailler à mon jardin, et je me rappelle bien que tous
les matins je trouvais de nouvelles feuilles et de
nouvelles fleurs à mes arbres. — LA MÈRE. C'est en
effet la saison où poussent toutes les plantes, où
les arbres qui semblaient morts pendant l'hiver se
couvrent de feuilles et de fleurs; puis les fleurs
tombent et sont *remplacées* par les fruits que la
chaleur de l'été qui vient ensuite fait mûrir, et
que l'on cueille en automne.

191. LA MÈRE. En automne les jours raccour-
cissent sensiblement, l'air se rafraîchit et se
charge de brouillards, les feuilles jaunissent et tombent, puis on revient à l'hiver. — JULES. Vous oubliez, maman, de dire qu'on vendange en automne.
Oh! je voudrais déjà y être. Vous souvenez-vous
que j'allais dans la vigne aider les vignerons, et
que je portais moi-même des raisins sous le pressoir? — LA MÈRE. Je parie qu'on ferait plus de vin
avec les raisins que tu as *mangés*, qu'avec tous
ceux que tu as *cueillis* et *portés* au pressoir; car
je crois que les vignerons se seraient bien *passés*
de tes services.

LETTRE D'UNE PENSIONNAIRE.

192. Ma chère maman,

Je suis très-malheureuse dans ma pension; personne ne m'aime; tout le monde m'en veut. Il y a

5

surtout une sous-maîtresse qui m'a *prise* en grippe et qui me déteste ; ensuite les élèves se moquent de moi et m'appellent *grognon* et *mijaurée*. Tu conçois que tout cela est fort désagréable et qu'il m'est impossible de le supporter davantage. J'espère donc que tu ne me laisseras pas plus longtemps ici, et que tu viendras me chercher tout de suite. Je dois ajouter, ma bonne petite maman, que nous y sommes très-mal *nourries* ; figure-toi qu'on nous donne de la soupe de haricots gâtés, de la viande pourrie et du pain moisi, ce qui est très-malsain, et tu ne voudrais pas que ta petite fille tombât malade.

Adieu, ma chère petite mère, ta pauvre enfant qui maigrit à vue d'œil,

Sophie.

RÉPONSE.

193. Ta lettre, ma chère enfant, m'a vraiment *alarmée* sur ta santé ; aussi tu as dû voir que je me suis *empressée* d'envoyer le médecin savoir ce qu'il en est au juste. Je t'apprends avec plaisir qu'il m'a complètement *rassurée* ; il t'a *trouvée engraissée* et *fortifiée*, et dit que tu as bien meilleure mine qu'avant ton entrée dans la pension. Il paraît donc que le régime des haricots gâtés, de la viande pourrie et du pain moisi convient à merveille à ton tempérament, aussi aurai-je soin de t'en procurer quand tu viendras en vacances, puisque cela te réussit si bien [1].

----

[1] Historique.

194. Au sujet de tes autres plaintes, je te dirai que, comme on aime toujours les gens aimables, et que l'on ne déteste que ce qui est détestable, si l'on ne t'aime pas c'est probablement que tu n'es pas aimable ; si l'on te déteste, c'est que tu es détestable ; si l'on t'appelle *grognon*, c'est que tu grognes ; si l'on se moque de toi c'est que tu as des manières ridicules ; enfin, comme on ne peut en vouloir à quelqu'un sans de graves motifs, j'en conclus que tu dois avoir fait quelque bien méchante action ou usé de bien mauvais procédés. Ainsi en voulant accuser les autres tu t'accuses toi-même, et tu avoues ton mauvais caractère. Quant à te changer de pension, je vais m'informer s'il en existe une où l'on aime les grognons, les mijaurées et les gens détestables ; mais comme ce sera fort difficile à trouver, ce que tu as de mieux à faire en attendant que je l'aie *découverte*, c'est de changer toi-même de caractère, et tu verras qu'on changera aussi à ton égard.

DES VISITES.

195. Outre les visites de premier de l'an, obligatoires pour tout inférieur à l'égard de ses supérieurs, il y a les visites aux personnes dont on vient de recevoir un service : ce sont des visites de reconnaissance ; celles que l'on fait à des amis ou à des connaissances lorsqu'il leur arrive quelque chose d'heureux : ce sont les visites de félicitation ; si c'est pour témoigner la part que l'on prend à un malheur, on les appelle visites de condoléance.

Les visites de bonne année sont *considérées* comme telles dans tout le cours du mois de janvier. Les plus respectueuses, celles aux grands parents, par exemple, se font la veille même du premier de l'an. Les visites à la suite d'un dîner, d'un bal ou d'une soirée, se rendent dans la huitaine.

196. Dans les visites on doit, en général, être économe du temps ; la longueur de toute visite doit être *mesurée* à son utilité. Dans les visites de cérémonie, faites à de grands personnages, dont les moments sont *comptés*, on ne prend souvent même pas le temps de s'asseoir.

On doit aussi, pour toute visite, choisir l'heure la plus commode pour la personne que l'on va voir ; on s'abstient, autant que possible, d'en faire dans la matinée et aux heures des repas. La discrétion veut également qu'on se retire si l'on voit que la personne que l'on visite est *occupée*. Enfin, ne pas rendre une visite que l'on a *reçue*, ne pas en faire à ceux auxquels on a des obligations, ou qui nous ont fait une politesse, ne peut être que le fait de gens grossiers et mal élevés.

LE MICROSCOPE.

197. Le microscope est une sorte de lunette au moyen de laquelle on observe les petits objets. Il y en a qui grossissent prodigieusement : un cheveu y paraît comme une corde, et une puce grosse comme la main. Cette propriété qu'ont les microscopes de grossir les objets, fait que l'on peut voir

au travers une foule de petits corps et d'animaux
que nous ne pouvons distinguer à l'œil nu à cause
de leur extrême petitesse. Dans une goutte de
vinaigre, par exemple, on découvre des milliers
de petits animaux qui se meuvent avec une incroyable rapidité. On a calculé qu'il y a de ces animaux qui sont dix mille fois plus petits que le plus
petit grain de sable ; et cependant ils ont pour exis-
ter et se nourrir les mêmes organes que nous : des
veines, des nerfs, des yeux, une bouche, etc. On a
même *observé* des poils sur leur peau.

198. Les plus petits animaux que l'on puisse
voir à l'œil nu sont les cirons et les mites. On
trouve particulièrement ces derniers dans la croûte
du fromage. Si l'on observe au microscope un peu
de la poussière qui recouvre cette croûte, on verra
qu'elle n'est *formée* que d'un amas de petits animaux *entassés*, se mouvant les uns sur les autres
comme des fourmis dans une fourmilière. L'air,
l'eau et tous nos aliments sont *remplis* d'animalcu-
les vivants, et chaque fois que nous respirons ou
que nous mangeons, nous en avalons des milliers.
Les feuilles des arbres et des plantes sont également
chargées d'animaux microscopiques qui y naissent
et qui y meurent dans l'espace d'une journée. Pour
eux, la feuille sur laquelle ils vivent doit être un
monde, les inégalités de la feuille leur paraissent
des montagnes énormes, les gouttes de rosée des
mers immenses, et le duvet de la feuille doit leur
sembler comme une forêt.

LES TROIS RÈGNES.

199. Tous les êtres qui existent sur la terre sont *partagés* en trois classes qu'on appelle aussi les trois règnes de la nature; ce sont : le règne animal, le règne végétal et le règne minéral.

Le règne animal comprend tous les animaux, c'est-à-dire tous les êtres vivants qui ont la faculté de se mouvoir.

Le règne végétal comprend toutes les plantes, les herbes et les arbres. On peut regarder les plantes comme des êtres vivants; car elles naissent, croissent, vivent, se nourrissent, sont sujettes à des maladies, et enfin meurent comme les animaux. Leur sève est une espèce de sang qui circule dans des canaux qu'on peut comparer à des veines.

Enfin, le règne minéral comprend tous les êtres qui n'ont aucune espèce de vie, comme les terres, les pierres et les métaux. Les principaux métaux sont : l'or, l'argent, le platine, le fer, le cuivre, le zinc, l'étain, le plomb, le mercure ou vif-argent.

LES ANIMAUX.

200. Parmi les animaux on distingue les *quadrupèdes* ou animaux à quatre pieds; les *oiseaux* qui ont deux pieds, deux ailes et des plumes, et qui s'élèvent dans l'air en volant; les *poissons* qui n'ont point de pieds, mais qui ont des nageoires et qui vivent dans l'eau; les *amphibies* qui peuvent vivre dans l'eau et sur la terre, comme les grenouilles, les crocodiles, les hippopotames, etc.; les *rep-*

tiles qui n'ont ni pieds, ni ailes, ni nageoires, et qui cependant se meuvent avec rapidité, comme les serpents.

L'homme fait partie du règne animal, mais il diffère des autres animaux en ce qu'il a une âme et une conscience qui lui permettent de distinguer le bien et le mal, et qu'il est le seul être qui ait la connaissance de Dieu.

LES SERPENTS.

201. Parmi les serpents il y en a qui sont venimeux comme les vipères, les aspics, les serpents à sonnettes; d'autres, comme les couleuvres, sont tout à fait inoffensifs. On croit vulgairement que c'est avec un dard que *piquent* les serpents; c'est une erreur; ceux qui sont venimeux ont à la mâchoire supérieure deux dents pointues, *percées* d'un trou par lequel coule le venin qui, en s'introduisant dans la plaie, cause la mort.

Les boas sont les plus grands serpents; on en voit qui ont jusqu'à dix mètres de long, et qui avalent une chèvre tout entière. Leur force est telle qu'ils peuvent étouffer dans leurs replis des buffles, des chevaux et même des lions.

LES NUAGES, LA PLUIE ET LES BROUILLARDS.

202. Comment se *forment* les nuages? Les nuages se forment des vapeurs qui se resserrent et se condensent, c'est-à-dire dont les particules se rapprochent peu à peu les unes des autres; lorsque ces parcelles aqueuses sont réunies, ce qui a lieu par le refroidissement, elles forment des gouttes d'eau qui, ne pouvant plus être *soutenues* dans l'atmosphère, tombent en pluie, à peu près comme la vapeur qui s'élève d'une marmite se transforme en eau sous le couvercle. Quand les vapeurs sont fort condensées, et trop pesantes pour être soutenues dans les hautes régions de l'air, mais qu'elles ne le sont cependant pas assez pour former la pluie, alors les nuages s'abaissent à la surface de la terre et prennent le nom de brouillards.

203. Les nuages et les brouillards sont une seule et même chose ; la seule différence qu'il y ait, c'est que les uns sont élevés au-dessus de nous, tandis que les autres sont bas et autour de nous. Quand on monte sur une haute montagne, ou quand on s'élève en ballon, il arrive souvent qu'on se trouve dans les nuages ; il semble alors qu'on soit dans un brouillard. Il arrive même quelquefois qu'on est au-dessus des nuages ; alors on voit le soleil et l'on a beau temps, tandis que ceux qui sont au bas de la montagne ne le voient pas, et peuvent avoir la pluie. Si les gouttes d'eau se gèlent en tombant, elles forment la neige ou la grêle.

LE PATÉ.

204. CLARISSE. Voilà un pâté qui a bonne mine ; je ne sais pas s'il est bon. — LA MÈRE. Comment le savoir ? — CLARISSE. En le goûtant. — LA MÈRE. Eh

bien ! *goûte*-le. — Clarisse. Oh ! comme il est
salé ! Il n'est pas aussi bon que la tourte à la *fran-*
gipane que nous avons *mangée* hier. — La mère.
Saurais-tu me dire quel règne de la nature a *fourni*
les substances que l'on a *employées* pour le faire ?
— Clarisse. Le règne végétal : le pâté est fait avec
de la farine, et la farine vient du froment qui est
une plante.—La mère. Mais est-ce tout ? Ne trouve-
t-on pas quelque chose dans le pâté ? — Clarisse.
Ah ! oui, la viande et le beurre qui sont du règne
animal. — La mère. N'y a-t-il rien du règne minéral ? — Clarisse. Je n'en sais rien. — La mère. Et
le sel ? —Clarisse. C'est vrai, je n'y pensais pas.

LE DEVOIR.

205. Clarisse. Maman, vous ne m'avez pas
donné de devoir pour demain.—La mère. Si, mon
enfant ; je t'ai *donné* une leçon. — Clarisse. Je l'ai
étudiée et je la sais. — La mère. Tu as une page à
écrire.— Clarisse. Je l'ai *finie.*— La mère. Et ta leçon de piano ?— Clarisse. Elle est *sue.*— La mère.
Mais tu as encore à recopier la dictée que j'ai *cor-*
rigée et où j'ai *trouvé* trois fautes.—Clarisse. Je l'ai
recopiée ; tiens, la voilà ; la trouves-tu bien écrite ?
— La mère. Parfaitement ; alors voici un autre devoir. Puisque nous avons *appris* les différents règnes, et tu les sais, n'est-ce pas ? — Clarisse. Oui,
maman, à peu près. — La mère. Tu chercheras, et
tu l'écriras, si tu le peux, à quel règne appartien-
nent les objets suivants : le bois, la toile, la laine,
le coton, la soie, le pain, le vin, le poivre, le sucre,

le café, le thé, les œufs, le lait, le papier, le cidre, le verre, la cire, le miel, le marbre, l'argent, une plume, un bouchon de liége. Tu chercheras aussi de quels règnes sont *tirées* les diverses substances qui entrent dans la confection d'un habit, d'un soulier, d'une salade, d'un couteau, d'une brosse, d'un livre, etc.

LES BŒUFS.

206. D'où vient ce nuage de poussière sur le grand chemin? — C'est un troupeau de bœufs qui passent. — J'en ai peur. — Il ne faut pas en avoir une peur ridicule; mais il est plus prudent de les éviter. — Où les conduit-on? — On les conduit au marché où les bouchers viendront les acheter. — Pour les tuer? — Sans doute; et lorsqu'ils seront *tués,* leur viande sera *vendue* à nos cuisinières qui la feront cuire pour notre dîner. — Et que fait-on de leur peau? — Les bouchers la vendent aux tanneurs qui en font du cuir nécessaire aux cordonniers pour faire les souliers et les bottes, et aux selliers pour les selles, les brides et les harnais des chevaux. — Et de leurs cornes? — On en fait des peignes, des boutons, etc. On se sert aussi d'une partie de leur graisse pour faire du suif, et de leurs os pour faire des manches de couteau et une foule d'objets.

LES CINQ SENS.

207. Les hommes et les animaux ont cinq sens : la vue, l'ouïe, l'odorat, le goût et le toucher.

Les yeux sont les organes de la vue. La couleur, la forme et l'éloignement des objets sont *distingués* au moyen de la vue. Par l'ouïe, qui a son siége dans l'oreille, nous percevons les sons. Les odeurs nous sont *connues* par l'odorat qui a son siége dans le nez. Le goût, placé sur la langue, nous fait connaître la saveur des aliments ; enfin, par le toucher qui existe sur toute la surface du corps, et principalement au bout des doigts de la main, nous éprouvons les sensations du chaud, du froid et de la douleur. Les aveugles sont *privés* de la vue, les sourds de l'ouïe, les muets de la parole, et les paralytiques d'une partie du toucher.

LES LUNETTES.

208. Un paysan voyant que certaines personnes se servent de lunettes pour lire, entra chez un opticien et lui dit : *Monsieur, aureriez-vous des lunettes avec quoi que je pourrions lire*[1] ? Certainement, lui répond l'opticien ; en même temps il lui en fait essayer une paire et lui présente un livre. Je ne *voyons* rien, dit le paysan. — En voilà d'autres. — Je ne *voyons* pas davantage. L'opticien lui fait essayer toutes celles qu'il a dans son magasin, et toujours le paysan ne voyait, disait-il, que de petites raies noires. Mais, mon ami, lui dit enfin l'opticien étonné, vous ne savez peut-être pas lire ? — Eh !

---

[1] L'élève corrigera le langage du paysan.

dit celui-ci, si je *savions* lire , est-ce que *j'aurions* besoin de vos lunettes?

L'AUMONE.

209. La charité, Mesdames, s'il vous plaît. — JULIE. Maman, veux-tu me donner un sou pour ce pauvre homme? — LA MÈRE. Je vais lui en donner un pour mon compte ; mais toi , n'as-tu pas de l'argent dans ta bourse? — JULIE. J'ai deux sous, mais c'est pour mon déjeûner. — LA MÈRE. Ainsi, tu veux bien être charitable, mais sans qu'il t'en coûte rien. Crois-tu donc qu'il y ait quelque mérite à faire une générosité quand on n'en éprouve aucune privation? Celui qui n'a qu'un morceau de pain et qui le partage avec celui qui n'a rien est plus généreux, et a cent fois plus de mérite aux yeux de Dieu , que celui qui a beaucoup et qui peut donner beaucoup sans se priver de rien.

LA TENTATION.

210. Un pauvre petit ramoneur nettoyait une cheminée dans le château d'une princesse. *Arrivé* au bas il se trouva seul dans une chambre richement ornée ; sur une table *étaient* une montre *enrichie* de diamants et des bijoux. Si j'avais tout cela, se dit-il en lui-même, je serais riche ; j'aurais une belle maison, de beaux habits, et je mangerais tous les jours du pain blanc. Qui m'empêche de les prendre? Personne ne me voit ; et il étend la main pour les saisir. Pierre ! Pierre ! que vas-tu faire? s'écria-t-il ; si personne ne te voit, Dieu ne te voit-il pas? Si tu commettais ce vol, oserais-tu jamais regarder quelqu'un en face? Pourrais-tu dormir tranquille? Non, mieux vaut être pauvre et avoir une bonne conscience, et il se hâta de reprendre le chemin par où il était venu.

211. La princesse qui était dans une chambre voisine avait tout vu et tout entendu. Le lendemain, elle fit venir le petit ramoneur et lui dit : Pourquoi n'as-tu pas pris hier les bijoux que tu as *vus* sur la table? L'enfant se jeta à ses pieds et lui demanda pardon. Mon enfant, lui dit la princesse, tu n'as point de pardon à me demander ; tu as *eu*, il est vrai, une mauvaise pensée, mais tu l'as *repoussée*, et Dieu t'en récompensera. Je te prends à mon service, je te ferai instruire, et si tu continues à être honnête, tu pourras un jour être plus riche qu'avec tous les bijoux que tu as *enviés* ; au moins cette fortune que tu auras *acquise* tu pourras t'en glorifier, parce que ce sera ta probité qui te l'aura *procurée*.

LE DÎNER.

212. La mère. Élisa, ne mets pas les coudes sur la table en mangeant. — Élisa. C'est qu'aussi on est bien plus à son aise. — La mère. Si l'on se mettait toujours à son aise devant le monde, on se rendrait souvent fort désagréable, et personne n'aime les gens désagréables.—Georges. Qu'est-ce qu'il y a dans ce plat? — Élisa. Tu es bien gourmand ; c'est très-vilain de demander ce qu'il y a dans les plats ; n'est-ce pas, maman? — Georges.

C'est que si ce n'était pas bon, je n'en mangerais pas. — ÉLISA. C'est précisément pour cela que tu es un gourmand.

213. GEORGES. Eh bien! si je suis un gourmand tu es une sans-gêne.—ÉLISA. Et toi, un malpropre; tu prends ta viande avec les doigts et tu les suces après. — GEORGES. Et toi qui lèches ton assiette, crois-tu que ce soit bien plus propre?— ÉLISA. Et toi qui jettes tes os par terre? — GEORGES. Et toi qui te barbouilles la figure avec la sauce? — ÉLISA. Et toi qui fais du bruit en mangeant et en buvant comme un.... — LA MÈRE. Eh bien! n'allez-vous pas vous disputer? — GEORGES. C'est Élisa qui a commencé. — ÉLISA. Non, maman, c'est Georges. — LA MÈRE. Vous êtes tous les deux des enfants mal élevés; allez-vous-en dîner à la cuisine.

QUESTIONS SUR LES PREMIÈRES CONNAISSANCES [1].

214. Qui a *créé* le monde? — En combien de jours le monde a-t-il été *créé?*—Depuis combien de temps le monde a-t-il été *créé?* — *Quels furent* le premier homme et la première femme?— Où Dieu avait-il *placé* Adam et Ève? — Qu'était-ce que le Paradis terrestre? — Que produisait le Paradis ter-

---

[1] Ces questions ont un double but : en donnant à l'enfant pour devoir d'y répondre par écrit, elles servent à la fois de dictées et de premiers exercices de style. Il trouvera dans les dictées précédentes la matière de la plupart des réponses; quant aux autres, il devra les formuler lui-même d'après les explications verbales qui lui seront données.

restre? — Quel arbre remarquait-on dans le Paradis terrestre? — Pourquoi Adam et Ève furent-ils chassés du Paradis terrestre? — Quels enfants ont *eus* Adam et Ève? — Quel crime commit Caïn et par quel motif? — Quel fut le premier homme qui mourut sur la terre?

215. Qu'est-ce qu'un an? — Qu'est-ce qu'un siècle? — Combien y a-t-il de mois dans un an?— Quels sont les noms des mois? — Quel est le premier et quel est le dernier mois de l'année?— Combien y a-t-il de jours dans un an? — Qu'est-ce qu'une année bissextile? — Quand reviennent les années bissextiles? — D'où vient le jour de plus que contiennent les années bissextiles? — Combien y a-t-il de jours dans un mois? — Quel est le mois qui n'a que vingt-huit ou vingt-neuf jours?— Quand le mois de février a-t-il vingt-neuf jours? — Qu'est-ce qu'une semaine? — Nommez les jours de la semaine? — Combien y a-t-il de semaines dans un an? — Quand vient le jour de l'an, combien faut-il attendre de jours, de mois ou de semaines jusqu'au jour de l'an suivant? — Comment divise-t-on les jours, les heures et les minutes? — Qu'est-ce que midi et minuit? — Combien y a-t-il d'heures depuis midi jusqu'à minuit.

216. Combien y a-t-il de saisons dans l'année? — Quelles sont-elles? — Combien de mois *dure* chaque saison?— Quand commence chaque saison? — Qu'est-ce qui distingue chaque saison? — Dans quelle saison neige-t-il et gèle-t-il? — Dans quelle saison se trouve le jour de l'an? — Dans quelle saison fait-il le plus souvent du tonnerre et des éclairs? — Dans quelle saison se font les vendanges? — Dans quel mois fait-on la moisson du blé? — Dans quel mois cueille-t-on les cerises? — Quand *arrivent* les jours les plus longs et les plus courts? — Quel est le jour le plus long et le plus court de l'année? — A quelle époque les jours et les nuits sont-ils égaux? — Quand les jours et les nuits sont égaux, combien d'heures durent-ils?

217. Que fait le laboureur? — Que fait le meûnier? — Que fait le boulanger? — Quelle différence y a-t-il entre le boulanger et le pâtissier? — Que vend l'épicier? — Trouve-t-on la même chose chez le boucher et chez le charcutier? — Que font le restaurateur et l'aubergiste? — Quelle est l'occupation de la ravaudeuse? — Que font le tanneur, le cordonnier et le savetier? — A quoi servent les forts de la halle? — Quelle industrie exercent les rémouleurs? — Quels objets trouve-t-on chez les quincailliers? — Quel rapport et quelle différence y a-t-il entre un libraire et un bouquiniste? — Qu'est-ce qu'un marchand de bric-à-brac?

FIN.

Publication nouvelle :

MÉLODÉON

RECUEIL DE CHANTS POPULAIRES

ANCIENS ET NOUVEAUX POUR LES ÉCOLES ET LES FAMILLES

L'amour du bien public nous a seul inspiré le dessein d'entreprendre cette publication. La plupart des chants en usage dans les diverses classes de la société, doivent être bannis des écoles : beaucoup devraient l'être également de toute compagnie honnête. Mais qu'offrirons-nous donc à la jeunesse pour l'exercice et la pratique de l'art musical qu'on lui enseigne.? Des artistes, hommes de bien, se sont avant nous posé cette question, et ont entrepris de publier : M. B. Wilhem, l'*Orphéon*, M. Mainzer, la *Bibliothèque élémentaire de chants*, MM. Porchat et Bienaimé, la *Théodie*. Nous serons leurs imitateurs, mais notre plan diffère de celui de nos devanciers sous plusieurs rapports que nous devons signaler.

Le *Mélodéon* veut être simple, très-simple, pour les paroles et pour la musique ; il ne dédaignera pas les chants de la première enfance. Mais la simplicité n'exclut pas les beautés littéraires ou musicales, même d'un ordre élevé.

Le *Mélodéon* saurait se contenter du chant à une voix ; c'est du moins le point de départ. D'autres parties vocales lui paraissent être un ornement et non pas une nécessité.

Le *Mélodéon* ne repousse ni les chansons connues ni les airs connus, bien au contraire. Heureux s'il pouvait, pour son œuvre de chant populaire, recueillir beaucoup de morceaux déjà connus et populaires ; mais il y en a bien peu qui concordent avec nos désirs.

Le *Mélodéon* veut du nouveau. Il provoque une coalition de tant d'hommes de bien, littérateurs et musiciens, qui sentent comme nous qu'il y a, pour la pratique du chant populaire, une regrettable lacune à remplir dans notre patrie, et qui, isolément, ont songé peut-être plus d'une fois à tenter quelque chose pour la combler.

Le *Mélodéon*, en outre, souhaite le bon marché pour le public. On reconnaîtra que nulle publication musicale ne s'est produite à un prix si modique.

Le *Mélodéon* embrasse dans son plan : 1° Chants *joyeux*, de sérénité, de bonheur ; — 2° Chants du *berceau* et de la *famille* ; — 3° Chants de la *salle d'asile*, de l'*école* et des *jeux de l'enfance* : — Chants de la *jeunesse* et de l'*âge mûr* : la *nature*, la *patrie*, le *devoir* ; — 5° Chants de *tristesse*, de douleur ; — 6° Chants de *piété*.

CONDITIONS DE LA SOUSCRIPTION :

Le Mélodéon paraît par livraison de 24 pages, format in-12, au prix modique de 30 centimes, et 35 centimes, franc de port, par la poste.

La diffusion à grand nombre peut seule, à ce prix si réduit, couvrir les frais d'impression de l'ouvrage.

Toutes les personnes qui voudront bien envoyer au *Directeur* du *Mélodéon*, à l'adresse ci-dessous, des *paroles* ou des *désignations* de chants à insérer dans ce recueil, — comme aussi offrir avec désintéressement leurs services, pour les compositions littéraires ou musicales que ce recueil exige, — acquerront des titres à notre reconnaissance et à celle du public auquel nous consacrons tous nos efforts.

On souscrit pour 12 livraisons qui paraîtront de mois en mois, dans le cours de l'année . . . . 3 fr. 60 c.
— franc de port par la poste . . . . 4 fr. 20 c.

CHEZ BORRANI ET DROZ, LIBRAIRES,

Rue des Saints-Pères, n° 7, à Paris.

DE L'IMPRIMERIE DE CRAPELET, RUE DE VAUGIRARD, 9.

www.ingramcontent.com/pod-product-compliance
Ingram Content Group UK Ltd.
Pitfield, Milton Keynes, MK11 3LW, UK
UKHW022033170726
13837UKWH00002B/573